P9-BIO-222

L'ÉCRIVAIN PUBLIC

« A Fès, quand il y avait une bagarre, on me choisissait comme arbitre et juge, à cause de mon état encore fragile d'enfant malade. Je comptais les points et je séparais les belligérants. C'est à ce moment-là que fusaient les insultes. A celui qui en dira le plus et qui ira le plus loin dans l'audace. J'aimais bien crier dans la rue déserte toutes les insultes où sexe, religion et parents étaient mêlés.

Il m'arrive encore de penser à Fès comme à un parent disparu. Ce n'est même pas un souvenir, une espèce de fatalité, une image effacée par le temps.

La ville s'est déplacée. Reste le cimetière de Bab Ftouh. Des silhouettes passent à la recherce d'une tombe anonyme. Elles y déposent une branche de laurier et récitent une sourate. »

Écrivain marocain de langue française, Tahar Ben Jelloun a publié de nombreux essais, recueils de poèmes, récits, pièces de théâtre. Il a obtenu le prix Goncourt en 1987 pour La Nuit sacrée.

Tahar Ben Jelloun

L'ÉCRIVAIN
PUBLIC

RÉCIT

Éditions du Seuil

TEXTE INTÉGRAL

ISBN 2 02-032663-9
(ISBN 2-02-011547-6, 1re publication poche
ISBN 2-02-006456-1, 1re édition)

à Despina

Confession du scribe

J'écrirai cette histoire à voix basse dans l'espoir de dévisager l'image trouble du miroir. Il s'agit de quelqu'un que je connais bien, que j'ai fréquenté longtemps. Ce n'est pas un ami, mais une connaissance. C'est une présence dont je ne me suis pas assez méfié. Son aspect insaisissable est irritant. C'est quelqu'un qui est tout le temps ailleurs. C'est un homme pressé. A peine est-il arrivé qu'il est déjà sur le départ.

Il m'a parlé entre deux voyages, entre deux amours. Il ne voulait pas que je prenne des notes. En tout cas pas devant lui. J'ai retenu ce que j'ai pu. Pas grand-chose. Je me suis permis d'arranger ou même d'inventer certains épisodes. Ce n'est pas très honnête, mais j'agissais comme si j'avais une revanche à prendre. D'ailleurs je suis sûr que ce qu'il raconte sur son enfance est entièrement imaginé. Un enfant malade prend vite l'habitude de fabuler. Avant d'écrire, je me suis permis de vérifier les éléments de certains souvenirs. Pas mal de mensonges, et pas toujours en sa faveur !

C'est un drôle de cas ! Sans ses masques, il n'est rien. Ou plutôt si, il est un homme parmi les hommes, interchangeable. J'ai su, à force de l'écouter parler, que son visage l'encombre et qu'il cherche à le déplacer et à le déposer sur une pierre, en haut d'un rocher.

Il m'a écrit dernièrement une lettre postée de l'île grecque Xios :

Cher ami,
Tu as bien voulu être mon scribe. Je t'en remercie. A présent tout cela est loin de moi. Ce que tu as écrit ne m'intéresse pas. Fais-en ce que tu veux. Mais, quoi qu'il en soit, je tiens à préciser que les histoires que je t'ai confiées ne composent pas ce qu'on appelle une autobiographie. Ce sont des histoires. Ni plus ni moins. Je te les ai racontées tôt le matin, par faiblesse, après des nuits d'insomnie et d'incertitude. Ne les prends pas au sérieux. Si tu les rends publiques, ne te sens pas obligé de les défendre auprès des personnes intéressées ou concernées.
Si tu dois leur donner un titre, ce serait bien de choisir Histoires. Mais je crois que ça a déjà été utilisé. Alors trouve-leur un titre court, énigmatique. Ce serait plus amusant. En tout cas évite les titres graves et dramatiques. Ou alors un titre simple, concis, pudique. Tiens, Impudiques ce serait pas mal.
Je suis à Xios. Je n'ai pas d'adresse. Je ne me cache pas, je m'oublie.
Bien amicalement à toi.
P.S. : « Toutes les vérités sont contre nous » ; l'espoir aussi.
Alors il n'y a rien à en tirer.
Peux-tu s'il te plaît mettre en exergue cette parole : « Trempe ta plume dans l'encre de mon âme et écris ! »   D.T.

J'aime le savoir loin et inaccessible. En tant qu'écrivain public, j'ai souvent rêvé d'entrer dans la vie intime de quelqu'un et de brouiller les souvenirs jusqu'à en faire une nouvelle mémoire où personne ne reconnaîtrait personne.

Il venait tous les matins, fumait une pipe d'un tabac anglais — cela me donnait la nausée; je ne supporte pas la fumée et je n'aime pas les gens qui ne savent pas fumer la pipe —; tout en marchant dans la petite chambre où je vis seul, il parlait ou plutôt dictait. Je dessinais pendant ce temps-là. Il me faisait confiance. Je crois qu'il a eu tort. Quand j'étais écrivain public à l'entrée de la médina de Marrakech, j'inventais souvent les lettres qu'on me dictait. C'est pour cela que je n'ai pas pu continuer longtemps dans ce métier. J'ai même été battu une fois par un homme qui me demandait d'écrire à sa femme, qu'il venait de répudier, une lettre de mise en demeure pour lui réclamer les bijoux et les enfants. Révolté par l'arrogance de cet individu, j'ai écrit le contraire et assorti l'ensemble de formules d'excuse. C'était plus fort que moi. J'aime prendre la défense des victimes.

J'ai prévenu mon employeur. Je lui ai avoué que j'avais des tendances à l'affabulation. Il s'en moquait et ne me croyait pas capable de m'emparer de ses histoires. Je n'ai pas respecté l'ordre chronologique dans lequel il me parlait. Je suis intervenu plusieurs fois pour mettre de l'ordre et ajouter des détails piquants qu'il ne tenait pas à divulguer. Il a refusé de nommer les femmes dont il s'agit dans ces histoires. Il m'a juste dicté un jour cette réflexion de Joe Bousquet : « Si la vie est un scandale pour la raison, quel insensé, celui qui veut comprendre une femme

*et réconcilier ses sentiments contradictoires, quand il y a
tout à contempler d'elle, de lui dans son incohérence.* »

En relisant l'ensemble j'avoue ne pas m'y retrouver entre
ce qu'il m'a dit et ce que j'ai inventé. C'est tant mieux ! Je
sais que les femmes sont liées à des villes, des pays. J'ai
fait de mon mieux pour qu'on ne se perde pas dans la
nostalgie, le remords et les longs silences. Je suis discret et
me fais petit quand la confession devient douloureuse. J'ai
le cœur fragile et les larmes faciles. Je ne démissionne pas
de mon poste de scribe, mais je me fais simple narrateur et
même si ma main tremble, je reste assis et j'écoute.

J'ai trouvé deux titres : le premier est poétique ; l'éditeur
risque de le trouver déplacé. *Murmure printanier du
citronnier dans la cour. Cela fait japonais !* Dans cette
histoire, il n'y a ni murmure ni printemps. A un certain
moment il évoque un citronnier chétif au milieu de la cour
de sa maison natale à Fès. Le deuxième titre ne fait pas
sérieux : L'homme qui parlait plus vite que son double. Il
me gêne un peu, car il s'agit de moi. J'ai dû cavaler
plusieurs fois pour le rattraper dans son délire et ses fuites.
C'est ce qui explique certains blancs que j'ai remplis après.

De toutes les façons il sera déçu. Les personnes dont il
parle le seront aussi. Moi, j'ai déjà pris mes dispositions.
J'ai été battu une fois ; j'ai déménagé. Je n'ai pas de boîte
aux lettres et j'ai demandé à la concierge et aux voisins de
ne pas communiquer ma nouvelle adresse. Si les choses
prennent une mauvaise tournure, je changerai de nom, de
pays et peut-être même de visage. Un dernier conseil au
lecteur : ne te sens pas obligé de lire ce livre de bout en
bout. Tu peux le feuilleter, lire un chapitre au milieu,
revenir au début... tu es plus libre que moi.

I

Je ne me suis jamais battu. Pas même avec mon frère.
Donner des coups, en recevoir, s'agiter pour les esqui-
ver, pour se défendre, lancer le corps en avant au risque
de l'abîmer, se rouler par terre dans la poussière et les
pierres, se faire mal, lutter de toutes ses forces pour
vaincre, pour avoir le dessus, se relever en sueur, ému et
fier de sa victoire, marcher avec assurance sans se
retourner, garder la chemise déchirée et essuyer négligemment le sang qui a dû couler des narines, partir en
vainqueur sous le regard admiratif des gamins, cela, je
ne l'ai jamais connu.

Enfant malade, je rêvais la vie. J'ai passé plus de trois
années sur le dos, dans un grand couffin, à regarder le
ciel et à scruter le plafond. Je me lassais vite des nuages ;
je préférais le ciel vide. Quant au plafond en bois peint,
il n'excitait pas beaucoup mes rêveries. Je le regardais
sans le voir. A force d'en fixer les arabesques, j'en
inventais d'autres, plus complexes et surtout moins
logiques. Mes yeux accumulaient ces motifs répétitifs et
tremblants ; je les dérangeais, j'en cassais l'ordre et la
symétrie. Je créais à longueur de journée des signes
mouvants et flous, je les assemblais dans un désordre

extravagant et les déposais ensuite sur la mosaïque des zelliges incrustés dans les murs. Il m'arrivait de les garder en moi ; je les emportais dans mon sommeil, comme prémices au songe. Mes nuits étaient longues et riches. Je les traversais lentement, sur la pointe des pieds ; je dansais sur un fil, toujours le même, celui que j'avais pris l'habitude de tendre entre le crépuscule et l'aube. Mes acrobaties étaient souvent risquées. J'étais mon unique spectateur. J'avais peur et cela me procurait du plaisir. Je courais sur le fil, poursuivant une image, les mains tendues, les jambes raides et souples dessinaient des demi-cercles. Ces mouvements brefs et précis laissaient des traces en l'air, des filets de lumière tantôt verte, tantôt jaune. Cette acrobatie dans le noir et la solitude me comblait. Je répétais plusieurs fois le même exercice comme si je me préparais à danser devant un public averti et exigeant. Je ne supportais pas d'être dérangé quand je partais sur le fil. Je voulais être étincelant, et si la cruauté devait me frapper, me ramenant au sol et au couffin, ce serait moi, et moi seul, qui le déciderais. Chaque nuit j'augmentais le risque et m'élevais un peu plus haut. Des fois je gardais la hauteur de la veille, mais j'entreprenais des exercices plus périlleux. Je devins ainsi familier des astres qui m'éclairaient jusqu'à l'approche du matin. Mes nuits d'audace continuaient à me traverser tout au long de la journée.

Le séjour prolongé dans le couffin qui me servait de lit et de demeure ne m'empêchait pas de vivre. Je n'avais pas de chambre à moi. Ma mère me trimbalait un peu partout dans la maison pendant qu'elle faisait le ménage ou la cuisine. Du regard, je suivais ses pas et gestes. Comme une abeille, elle se déplaçait vite en chanton-

14

nant. Tout en travaillant, elle me parlait. Elle ne me racontait pas des histoires, mais me faisait des confidences sur sa vie. Coincé dans mon couffin, je l'écoutais. Je ne lui répondais pas, mais elle voyait bien que j'étais très attentif. Elle m'appelait « lumière de mes yeux » ou « mon petit foie » ou « ma gazelle à moi ». Foie, gazelle... En arabe ce sont des mots féminins. Cela ne me plaisait pas beaucoup. Même malade et voué à une lente agonie, une sorte de disparition étalée dans le temps, je ne voulais pas être confondu avec une fille, surtout qu'à l'époque — je devais avoir quatre ou cinq ans — le sexe féminin n'avait pas beaucoup de secret pour moi, je le considérais comme quelque chose de désirable et de prohibé, là où se réalise le péché, et ce que Dieu et la famille m'interdisaient m'attirait, car je n'avais plus rien à perdre. Je ne voulais pas être pris pour une fille pour ne pas être un péché, ou plus exactement celui convoité à cause du péché. Je n'avais pas de doute, mais, sans m'en rendre compte, ma main se glissait sous le pyjama, tâtait le pénis et le caressait. Ces mots résonnaient longuement dans ma tête ; ils avaient le pouvoir de faire le vide dans ma boîte crânienne et de s'y cogner. Je crois que mes migraines viennent de là. Je trouvais cette tendresse, dite au milieu de la vaisselle, un peu épaisse. Je ne rouspétais pas ; je l'acceptais en silence et j'essayais de penser à autre chose. Au fond je n'aimais pas la cuisine où il n'y avait aucun confort, et, surtout, je n'aimais pas les matins où tôt le soleil me propulsait. Du fil sur lequel je dansais et jouais à attraper une étoile, je me trouvais ainsi déposé comme une chose muette, incapable de réagir, à côté des bottes de menthe et des tomates, dont certaines étaient écra-

15

sées sous le poids d'autres légumes. Rien n'était pratique dans cette cuisine. Ma mère était tout le temps penchée ou accroupie. Elle se fatiguait et ne protestait pas. De temps en temps elle se relevait, se cambrait, les mains posées sur les reins, pour faire passer la fatigue, puis, avec la même énergie, la même vitalité que l'abeille, elle reprenait le travail. J'aimais cependant les fins de matinées, car c'était le moment où les vapeurs et odeurs qui se dégageaient des marmites étaient bonnes à humer. J'aimais regarder les braises du kanoun s'impatienter. J'étouffais un peu puis je m'en allais retrouver mes rêveries laissées en suspens depuis la veille. J'assistais ainsi à la préparation des nourritures qui m'étaient strictement défendues.

Ainsi de quatre à sept ans je n'ai fait que regarder. Je connaissais par cœur les murs, les portes, les fenêtres et le ciel de notre maison. La cour était carrée, non couverte, avec, planté en son milieu, un citronnier chétif qui donnait une dizaine de petits citrons verts par an. Il n'était là par aucune nécessité. On s'était habitué à le voir sec et têtu dans son exil. J'avais aménagé mon couffin de telle sorte que je pouvais me balancer et même avancer en prenant appui sur mes mains. C'était une petite voiture, sans roues mais avec un bout de miroir comme rétroviseur. Si le matin j'étais dans la cuisine, l'après-midi j'étais dans le salon où je débrouillais le motif de mes rêveries. Je préparais la soirée, mettant de l'ordre dans ma tête pour la traversée de la nuit. Des femmes, des tantes ou amies de ma mère, venaient passer le temps. Elles parlaient beaucoup, avec une liberté surprenante. Je n'étais pas toujours tendre avec elles. Faisant semblant de somnoler, je les épiais et enregistrais leurs confidences, aveux des plus intimes. Il y avait Aïcha la brune aux seins lourds qu'elle caressait en parlant de ses nuits insatisfaites. C'était notre voisine la plus proche, mariée à un vieil homme très maigre. Il partait le matin très tôt et revenait tard le soir. Aïcha aurait pu être sa fille. Il le savait et au lieu de lui faire l'amour il la battait. Il allumait la radio, mettait le volume à fond pour couvrir les cris de sa femme. Il ne parlait à personne, traversait la rue en rasant les murs. Aïcha m'excitait, surtout quand elle se levait et dansait en mimant les caresses et ébats amoureux ; elle donnait des coups de reins, mettant en valeur son ventre charnu, passant légèrement ses mains sur ses hanches.

Il y avait Zineb la blanche qui démêlait sa longue chevelure en racontant combien son mari était impatient, pressé et bref. Elle disait qu'il avait une « volonté d'oiseau » et un sang chaud qui se refroidissait trop vite. Zineb m'intriguait. J'aurais voulu la posséder, dormir entre ses cuisses, disposer ma tête chaude et pleine d'images sur son ventre et lui donner la sensation indéfinissable de pénétrer lentement et tout entier dans son corps jusqu'à lui communiquer un flot de chaleur lent, épais et un peu moite, juste ce qu'il faut pour susciter le vertige et la faire tourner comme une petite étoile apprivoisée dans la paume de ma main, lui caresser la nuque, les aisselles et le nombril, la prendre ensuite par la taille et la ramener doucement sur terre pendant que son mari se débattrait dans un cauchemar en ronflant.

Il y avait Rouquiya, la femme mince et silencieuse. Elle ne disait jamais rien, mais ses yeux brillaient d'intelligence. Elle écoutait avec ses yeux et de temps en

17

temps faisait un geste de la main pour dire que tout cela n'était rien, qu'elle vivait une passion clandestine, sourde, tenue à l'écart de la famille et des amies bavardes, que l'amour c'était un jardin lointain où elle se perdait, où elle dormait à peine vêtue, les jambes un peu écartées pour recevoir la caresse du vent et de l'herbe. Elle y attendait l'homme ou la femme qui viendrait, voilé, et la couvrirait d'un burnous de laine avant de l'embrasser longuement sur la bouche, avant de poser sa main chaude sur son ventre nu. Elle ne saurait jamais si cette main, si cette bouche sont celles d'un montagnard fougueux ou celles d'une jeune fille possédée par les passions du corps. Cette même main soulèverait le burnous, cette même bouche effleurerait le pubis parfumé et épilé, elle s'arrêterait ensuite sur les lèvres humides de son sexe, les embrasserait doucement, jusqu'à remplir le désir d'une belle violence, Rouquiya mordrait ses lèvres et roulerait avec le mystérieux visiteur dans l'herbe et la terre mouillées, fermant les yeux pour ne pas le reconnaître, pour ne jamais lui donner une image, ni âge ni sexe, seul son corps offert au soleil et au vent serait touché, caressé, meurtri par un autre corps absolument anonyme, sans paroles, sans éclats, avec cette tendresse nue qui ferait de ce lieu et de ces rencontres un secret éternel, immortel. Rouquiya se taisait pour toutes ces raisons et parce qu'elle se savait venue d'ailleurs, allant vers un précipice où, au lieu de tomber dans une chute mortelle, elle volait, planait, poussée par le vent et attirée par la main et le visage voilé.

Et moi, pâle et tranquille, je l'observais, je guidais ses regards, je m'y installais, je m'insinuais dans ses pensées

18

intimes et je devenais son secret, le témoin de sa passion et le gardien de son jardin. Nous n'échangions pas de mots. Tout se passait dans les longs silences où moi je m'activais de peur de ne pas être à la hauteur, de crainte de me trouver un jour supplanté par un autre gardien, plus ingénieux et plus fou que moi. Elle était devenue ma passion pour le voyage et l'absence, et je connaissais mieux qu'elle les foudres qui menaçaient l'Empire du Secret.

Il y avait aussi Hénya, femme obèse qui venait se pencher sur mon couffin pour m'embrasser. J'étouffais et de mes mains frêles j'essayais de la retenir comme si c'était le battant d'un portail qui allait s'abattre sur moi et m'écraser. Ma tête se trouvait coincée entre ses seins. Elle suait en permanence, même en hiver. Alors je faisais une grimace et d'un œil je recherchais le regard de Rouquiya avec laquelle j'avais établi une complicité muette et remarquée. Hénya était une seconde épouse, vivait seule, recevant son mari les jours pairs. Elle avait réussi à avoir un arrangement avec l'autre femme pour lui laisser le mari les jours pairs où elle avait ses règles. C'était réciproque et secrètement les deux femmes avaient dû se jurer de ne jamais laisser à l'homme une seule nuit de repos jusqu'à lui faire atteindre les limites du supportable, pour l'amener à la démission et reconnaître qu'il n'était pas de taille à affronter deux femmes, jeunes et particulièrement sensuelles. Elles devaient s'échanger des recettes pour l'épuiser et lui faire perdre petit à petit non seulement son autorité mais aussi sa puissance.

Hénya me faisait peur. C'était l'ogresse blanche avec

un début de moustache. Sa voix me terrorisait. Quand elle montait à la terrasse pour voir le coucher du soleil, elle s'essoufflait et était tout en sueur. Les autres femmes se moquaient d'elle. Elle riait et plaisantait comme si de rien n'était. Elle racontait comment elle retenait la tête de son mari captive entre ses cuisses, la frottant énergiquement jusqu'à lui faire mal, comment elle le renversait ensuite et le dominait physiquement au risque d'écraser sa cage thoracique, comment ensuite elle le faisait hurler de plaisir en introduisant une bougie dans son derrière. Elle parlait en gesticulant et mimant la scène. Femme dangereuse, elle savait aussi être émouvante quand elle évoquait son incapacité à avoir des enfants.

Rouquiya me faisait voyager par son seul regard. J'appréhendais avec fébrilité ses visites. Elle était la seule à savoir me rejoindre dans la prairie ou plutôt à m'emmener dans son jardin secret. J'étais malgré tout mal élevé, ou pas élevé du tout — pas le temps —, et la première chose que je faisais quand nous partions, c'était d'introduire ma main dans son séroual et la poser sur son pubis. Elle me laissait faire mais ne m'approuvait pas forcément. Un jour mes doigts touchèrent les lèvres de son sexe qui était humide. J'eus une sensation étrange. Ma main avait l'habitude de se poser sur quelque chose de chaud et de très doux. Je la retirai vite et je vis mes doigts pleins de sang. Je me suis mis à pleurer et à lui demander pardon, que je ne voulais pas lui faire mal et surtout pas la blesser. Comment mes doigts fins avaient-ils pu déchirer ou égratigner cette partie du jardin, la plus précieuse ? Elle riait et pour me rassurer me dit : « C'est ma tante... elle est arrivée hier... je ne l'attendais pas si tôt... Dans trois jours elle sera partie et tu pourras mettre ta main et même ta tête sans être souillé !... » Elle m'essuya les doigts avec un mouchoir brodé et le porta à ses lèvres.

Elle ne vint plus chez nous pendant quatorze jours. Pour la première fois je sus la douleur que procure l'absence. Je ne pensais plus à mes souffrances physiques avec lesquelles je m'étais plus ou moins arrangé. Je les dépassais, les classant dans les affaires courantes ; mais celles que je ressentais du simple fait de l'absence de Rouquiya m'étaient insupportables, d'autant plus que notre pacte était scellé par le secret et que je ne devais en aucun cas demander après elle. Souffrir en silence, dans l'attente. Je m'endormais et négligeais le fil. Je n'étais plus d'humeur à jouer au funambule. Je me perdais dans du sable. Je mangeais de la terre et ne voyais aucun jardin à l'horizon. Pendant une nuit, alors que je m'apprêtais à dormir, je décidais de ne pas prendre les médicaments et de rester les yeux ouverts, à fixer le noir jusqu'à l'arrivée de la lumière. Je restai éveillé et j'attendis. Elle apparut. Une image éclairée, rayonnante, mystérieuse. Une hallucination ? Peut-être. Je ne voulais pas trop savoir. Elle s'approcha de mon couffin, me tendit la main. Je fus soulevé ou plutôt attiré par une sorte de force magnétique. Elle m'emmena loin, très loin, ni dans un jardin ni dans un désert. Je sentis que nous descendions lentement vers une source d'eau ou de lumière. C'était un puits très profond. L'eau était chaude et dégageait une vapeur agréable. Elle me fit boire un bol de cette eau qui devait avoir des vertus bénéfiques. Elle me déshabilla, me lava longuement, je

21

ne savais pas si elle me caressait ou me rinçait le corps ;
ensuite elle me prit dans ses bras, puis mit mes jambes
autour de son cou ; j'avais mon petit pénis sur son
visage ; je me cramponnais à sa chevelure pendant que sa
bouche jouait avec mon sexe ; c'était très doux ; je ne
sentais pas ses dents ; elle promena ensuite ses lèvres sur
mon ventre, mes bras, mon cou et s'arrêta là ; jamais elle
ne m'embrassa sur les lèvres.

Une si longue et douloureuse absence méritait bien
d'être effacée par des retrouvailles exceptionnelles. A
cause de mes échappées nocturnes qui commençaient
des fois en fin d'après-midi, j'avais abandonné l'acrobatie sur le fil. Je passais la journée dans l'attente et la
préparation de ces fuites clandestines.

J'aimais son nom : trois syllabes, répétées plusieurs
fois sur différents tons, me procuraient une petite
excitation diffuse. Loubaba. Lou-Ba-Ba. Faites-en l'expérience ; vous verrez que la prononciation de ce nom
est d'une grande volupté. *Loubaba aji daba ; Loubaba
hak hada ; Loubaba khoud hada ; Loubaba hahoua ja ;
Lou-Ba-Ba ; Ba-Ba-Lou ; Ba-Lou-Ba ; Lou-Ba-Lou-Ba ;*
Loubaba n'avait ni une grosse poitrine ni une longue
chevelure ; fille d'une concubine amenée du Sénégal par
un riche commerçant de Fès, elle avait la peau mate et
très brune ; ses yeux clairs étaient vifs et sa timidité la
rendait maladroite et parfois mal à l'aise au milieu de ce
groupe de femmes. Elle s'asseyait toujours de biais, sur
l'extrême bord du matelas, tout près de la porte, croisant
les bras et repliant les jambes, se faisant ainsi toute
petite, se tenant prête à partir sans déranger personne.
On l'avait mariée à un artisan borgne qui lui fit deux

enfants et la délaissa avant de disparaître. Elle vivait avec sa mère qui ne parlait toujours pas l'arabe et avec laquelle elle communiquait par les gestes des sourds-muets. Ma mère l'aimait bien ; elle lui offrait des robes qu'elle ne mettait plus et l'invitait souvent à la maison. Quand ma mère partait au bain ou à des mariages, Loubaba me gardait. Elle venait s'asseoir à côté du couffin et jouait aux cartes avec moi. Elle s'amusait comme une gosse. J'étais fasciné par sa peau. Prenant prétexte de changer de position, je m'appuyais sur son bras nu et y gardais ma main. J'aimais toucher cette peau très douce, la caresser tout en épelant le nom. Je la savais encombrée de ses deux enfants et c'était peut-être à cause de cela que je ne partis jamais avec elle la nuit. Fatigué d'être tout le temps étendu je lui demandai, un jour que nous étions seuls, de me porter sur son dos. D'un mouvement rapide et efficace elle s'accroupit et je montai sur elle. Je mis d'abord mes bras autour de son cou et je glissai ensuite mes mains sous sa robe jusqu'à atteindre sa poitrine. Ses seins étaient petits et fermes. Je découvris là une belle et grande sensation de douceur. Je posais ma tête sur son épaule et m'endormis. En fait je fermai les yeux et me laissai conduire dans le bois, le seul que j'avais réussi à installer à proximité du jardin de Rouquiya. Elle chantonnait une espèce de berceuse triste mais qui ne m'ennuyait pas. Il y avait une source d'eau dans un coin caché du bois. Arrivée là, elle me posait près d'un arbre et se préparait à faire sa toilette. De fille timide et réservée, elle devenait libre, gaie et même heureuse. Le contact avec les arbres et l'eau la transformait. Elle enlevait sa robe avec délicatesse, la suspendait à une branche, retirait son séroual, le pliait et le posait sur une pierre. Elle s'avançait lentement vers la source, remplissait ses mains jointes d'eau et la faisait couler sur son corps. En riant, elle m'éclaboussait un peu. A aucun moment elle ne cachait sa nudité. J'avais les yeux grands ouverts et je trépignais dans mon coin. L'impatience de toucher ce corps, de le laver et de m'y réfugier. Cette excitation intense troublait ma vue. Je voyais double ; je ne tenais plus en place. Ma main se porta sur ses hanches et se promena le long de son dos que j'essuyais. Elle me demanda de lui masser la colonne vertébrale, ce que je fis, laissant mes doigts glisser entre ses fesses que je frottais au lieu de caresser. J'étais nerveux et sans voix. D'un geste bref, elle retira ma main et me regarda d'un air sévère. Le jeu était terminé. Elle se rhabilla vite et me remit sur son dos. Fatigué et déçu, je dormis profondément.

Loubaba ! Les quelques mots que tu prononçais me parvenaient dans un demi-sommeil, inachevés, parfumés. J'aimais ta voix chaude, voilée, la voix de ta solitude et de ton errance. Tu continuais de me porter quand le groupe des femmes montait à la terrasse, et tu caressais mes cheveux.

Elles regardaient le ciel, comptaient les étoiles et faisaient un vœu. Elles se parlaient à voix basse, mangeaient des gâteaux en buvant du thé. Elles tissaient un drap immense avec des petits riens, des mensonges frais et émouvants, avec des fleurs d'oranger. Chacune, comme dans un rituel, apportait sa part de rêve et la déposait dans ce drap tendu entre les terrasses, y mettant des paroles interdites, oubliant les silences imposés par les hommes. Et moi, sage dans mon couffin, à côté de

24

ma mère, j'écoutais, je ne rêvais plus, je regardais chacune des femmes et je suivais leurs gestes. Le coucher du soleil les rendait apaisantes, libres, sûres d'elles. Je vis un jour une voisine passer sa main par-dessus le mur et offrir une cigarette allumée à ma mère. La fumée faillit l'étouffer. Tout le monde riait sauf moi. J'avais honte. Ma mère devait rester à l'écart, intouchable, étrangère à mes rêveries, à mes fantaisies. J'étais gêné. Fumer ! Quelle audace ! Elle m'échappait. Elle venait d'oser un geste, et moi je me sentis exclu, elle ne faisait plus attention à moi ni à mes réactions. Les autres femmes m'ignorèrent, elles se passèrent la cigarette ; Aïcha se leva et dansa ; Rouquiya la prit par la taille et fit des gestes ambigus. Elles étaient entre elles, jouant tour à tour à l'homme et à la femme. Rouquiya laissa traîner sa main sur la poitrine d'Aïcha qui se mit à rire. Les voisines de la terrasse d'à côté chantaient et tapaient des mains. La nuit s'approchait lentement. C'était la fin de la fête.

Aïcha, Zineb, Rouquiya, Hénya et Loubaba ne réapparaîtront plus dans ce récit. Leur figure a ouvert un chemin. Si je les maintiens en attente, je serai obligé d'aller fouiller un peu plus dans ces années lointaines et presque irréelles. Peut-être qu'elles resurgiront d'elles-mêmes, au moment où je ne les attendrai pas, et qu'elles décideront de raconter l'autre aspect de l'histoire. Pour le moment je préfère rester dans le couffin sur le dos à regarder le plafond et à écouter les bruits de la vie, le matin. Je sais qu'aujourd'hui mon père a invité à déjeuner les époux d'Aïcha, de Zineb et de Rouquiya. Loubaba est venue ce matin aider ma mère. Je suis dans mon coin, délaissé et mélancolique. Je vais faire un effort pour dévisager chacun des maris. Je vous ai déjà parlé du vieux qui bat la jeune Aïcha. Il vient d'arriver. Il est maigre et sec. Il enlève ses babouches, dit « *Bismi Allah* » et entre dans le salon. Il est seul pour le moment. Il me regarde comme si j'étais un paquet, une chose curieuse. Je l'observe et le fixe. Il baisse les yeux et fait semblant de chercher quelque chose dans les poches de son séroual. Il en sort un mouchoir plié et se mouche. Il regarde le plafond et tousse. Il croise les jambes, remet sa main droite dans sa poche. Ses mains sont jaunes. Il sort un chapelet et l'égrène nerveusement. Pourquoi ses mains ont-elles cette couleur ? Est-il un teinturier, un menuisier ou un épicier ? Je sens depuis son arrivée une odeur d'épices. C'est peut-être du safran. C'est même sûr. Il me regarde de nouveau puis baisse les yeux. Ce sont ces mains qui labourent le corps nubile d'Aïcha. Ce sont ces bras secs qui s'abattent sur elle. Ce sont ces yeux ternes qui s'attardent sur sa nudité et n'en retiennent ni la lumière ni la beauté. Cet homme secret soupçonne sa femme de ne pas l'aimer et de ne lui obéir que sous la menace. Il la soupçonne et il ne se trompe pas. Aïcha mérite un autre sort. Mais c'est ainsi. Elle attend sa mort. Il est increvable. Ces mains jaunies me font peur. Elles ne sentent pas le bois. Ce n'est pas un menuisier. Elles ne sentent ni le cumin ni le gingembre. Elles puent le safran. Je sais à présent. C'est un laveur de morts. Un métier peu avouable. Il se lève. J'ai peur. Il s'approche de moi. Je tremble. Il se penche sur moi et l'odeur me suffoque. Il me demande où se trouve la direction de La Mecque. Je lui indique la cour, près du citronnier. Je l'éloigne. Je le vide. Je l'expulse du salon.

Je le déteste et pense à Aïcha qui doit supporter cette odeur macabre. Il prend le tapis de prière et sort dans la cour. J'en profite pour me déplacer. Je me pousse et j'avance difficilement. Je ne tiens pas bien sur mes jambes. J'arrive péniblement à la cuisine. Ma mère, courbée, est en train de souffler sur le kanoun. Il y a beaucoup de fumée. Loubaba souffle aussi. Elle est accroupie. Elles ne font pas attention à moi. Je me pousse et renverse un seau d'eau. Ma mère se met en colère. Elle n'aime pas ces invités. Je la comprends. Je lui dis que le vieux est en train de prier, puis j'ajoute, c'est un laveur de morts. Ma mère fait semblant de ne pas entendre. Je ne veux pas semer la panique. Je me tais et repars vers le salon. Un autre vient d'arriver ; il s'entretient avec le vieux. L'homme est un peu gros. Il est mou. Bien nourri et content de son ventre. Il doit être l'époux de Zineb, celui qui a une « volonté d'oiseau ». Il doit avoir un petit sexe. Il n'est pas gros, mais gras. Il agite ses mains quand il parle. Des mains épaisses. Il transpire. Je le sens. Il est assis, les jambes entrouvertes. Je ne sais pas s'il bégaie ou s'il parle vite. Il doit pratiquer la sexualité comme il parle : mal et vite. Il ne doit pas trop s'attarder sur le corps superbe de Zineb. Il est bijoutier. C'est curieux, il n'a aucune finesse pour vendre de l'or. Les femmes ne doivent pas s'arrêter souvent à sa boutique. Je le sais parce que le frère de ma mère est bijoutier. C'est avant tout un séducteur. Celui-là doit faire fuir les femmes, à cause de sa voix très épaisse et de la sueur qui perle sur son front. Sa clientèle vient surtout des campagnes. Il n'a aucune chance avec les bourgeoises raffinées de Fès. Zineb est aussi de la campagne, mais elle s'est adaptée.

27

Un homme distingué, vêtu de blanc et parfumé arrive. En traversant la cour, il se voile le visage en abaissant le capuchon de sa djellaba pour ne pas voir les femmes des autres. Un homme distingué qui me tapote la joue et me donne un billet de vingt rials. Il salue tout le monde et salue mon père en baisant son épaule. Un homme malin. Il doit savoir séduire les femmes. Je pense qu'il est l'époux de la belle Rouquiya. Je décide qu'il l'est. Il le mérite. Ils parlent religion et de la dernière prière du vendredi où l'imam a fait un discours courageux. Ils ne parlent plus, ils mangent. Je les observe et je pense à mon billet de vingt rials : acheter une robe à Loubaba, un parfum à Rouquiya, un foulard à Zineb, un mouchoir à Hénya, une ceinture brodée à Aïcha... ou un bout de terrain où déposer mes os et mes yeux.

Des journées entières dans le couffin ! Il y avait de quoi me donner des ailes et me propulser dans l'étrange de plusieurs vies. J'appris ainsi à regarder, à écouter et à voltiger. Le sentiment de la fragilité ne me fut point enseigné. Je l'éprouvais quotidiennement. Je n'étais qu'un passager dans l'enfance.

A l'époque, le médecin le plus compétent de la médina de Fès était un infirmier dévoué et qui avait été envoyé au pèlerinage à La Mecque par certaines familles qu'il soignait. C'était un brave homme. Il m'examina longuement puis avoua qu'il ne comprenait rien à mon mal ; il conseilla à mes parents de m'emmener à Casablanca. Mon père vendit une petite maison qu'il avait eue en héritage et nous partîmes faire le tour des médecins du pays. Je quittai mes femmes et mon fil de funambule. Je gardais sur moi le mouchoir brodé de Rouquiya.

Je découvris ainsi la mer. Elle était ce jour-là grise, enveloppée d'un voile blanc. Elle me parut irréelle. J'allais y puiser de nouveaux éléments pour mes fuites nocturnes.

La fragilité, c'était d'abord mon corps qui, ne pouvant plus se nourrir, tendait à devenir une petite chose, une transparence. Seuls les yeux grandissaient. Ils mangeaient tout le visage.

La fragilité, c'était ensuite le regard des autres. Ils se sentaient obligés de me ménager, de me faire des sourires béats et stupides, de me pincer les joues en faisant mine de les effleurer, de me rappeler tout le temps que je ne pouvais pas être comme les autres gosses, que je ne pouvais ni jouer ni danser, pas même casser des assiettes. J'étais une petite chose ramassée dans un coin de la maison, un petit tas qui les effrayait car toute la vie, refusée, empêchée, s'était concentrée dans mes yeux. Mon regard scrutateur leur faisait peur. Comme vous le savez déjà, je voyais tout, je captais tout dans les moindres détails.

Ma fragilité c'était mon refuge, ma défense. C'était aussi une présence de la douleur qui saisissait mes os et venait à bout de ma résistance. De cela je ne parlais jamais aux femmes qui m'emmenaient au bois ou au jardin.

Cet état allait prendre fin de manière presque magique. Des mains venues d'ailleurs me préparaient une nouvelle naissance. Elles m'arrachèrent aux étapes de la mort pour me remettre sur pied et courir rejoindre la masse anonyme des enfants du quartier. Je fus sauvé par un jeune médecin, un Marocain, qui venait de rentrer de France. C'était un homme d'une autre planète, envoyé

29

par le destin pour guérir un enfant qui s'était déjà arrangé avec la mort. Le destin devait être manipulé par ce groupe d'hommes à qui je volais leurs femmes. Mes départs enchantés allaient cesser. Je passai d'un état à un autre. Je fus guéri. Je pouvais marcher, manger, grandir et je ne rêvais plus. Les nuits devinrent vides, noires comme toutes les nuits des autres, sans joie, sans excès, pleines de sommeil qui reposait le corps et desséchait les désirs. On jeta mon couffin dans un débarras et m'inscrivit à l'école. Je n'avais plus de maison et plus d'amies.

Quelques mois plus tard, je fus réveillé au début de la nuit par le bruit d'une chute, suivie d'une déflagration. Mon jeune médecin venait de mourir dans un accident d'auto. Je passai toute la nuit à prier pour son âme. Tôt le matin j'annonçai la nouvelle à mes parents et refusai d'aller en classe pour observer le deuil. Ils me traitèrent de fou joué par mes cauchemars. Je n'étais ni fou ni visionnaire. Mon corps était simplement resté en contact avec les mains qui l'avaient rendu à la vie.

De cette époque, j'ai gardé la hantise d'être brisé dans une bousculade. Je ne jouais pas. Je ne me battais pas. Je dessinais. Je m'enlisais dans la mémoire brève et fiévreuse de l'enfant que je venais de quitter.

Plus tard, beaucoup plus tard, je connus la violence physique, la mise à l'épreuve, l'endurance du corps, ce corps que je préservais, que je dissimulais en essayant de le maintenir dans un état de transparence subtile et délicate.

Notre institutrice, enceinte, fut remplacée par son mari, un militaire. Il s'appelait Pujarinet. On l'avait surnommé *Jrana,* « grenouille ». Il était grand de taille, laid et méchant. Je me souviens de ses mains très larges qui s'abattirent en un seul et même mouvement sur mes joues. C'était une gifle double qui laissa des traces rouges sur le visage durant toute la journée. Il aimait aussi donner des coups secs avec sa règle en acier sur nos doigts joints. Nous tendions la main qu'il battait méthodiquement. Et pour finir il nous remettait la règle pour battre le voisin qu'il avait puni. Le soir je ne disais rien à mes parents. Un jour, j'étais rentré en larmes ; je n'arrivais pas à joindre mes doigts endoloris. Je dus tout avouer à mon père. Sa colère dépassa mes prévisions. Il n'avait chargé personne de faire mon éducation. Bien au contraire, alors que certains parents confiaient leur progéniture au maître d'école en lui soufflant à l'oreille la formule : « Toi tu égorges ; moi j'enterre ! », mon père avait dit : « Attention, enfant fragile. » Il prit un couteau de cuisine, alerta d'autres parents et se rendit à l'école. Le concierge lui dit de revenir le lendemain tôt le matin. Mon père voulait tuer le militaire. Plusieurs parents se joignirent à lui et le dissuadèrent de commettre une folie. Le chef de la section du parti de l'Istiqlal intervint aussi. L'affaire devint politique. L'instituteur fut renvoyé à sa caserne. Un jeune Marocain prit sa place.

Malgré mon état de convalescent attardé, j'aimais l'école. Elle m'aidait à me détacher du couffin. Reconnu délicat, je marchais dans la vie sur la pointe des pieds. Quand je sortais dans la rue, je choisissais un coin où je pouvais être en sécurité et d'où je regardais les autres jouer et se faire mal.

Dans notre quartier, il y avait deux catégories de gosses : les faibles, ceux qui donnent leur cul, et les autres, ceux qui le prennent. Tout tournait autour de cette division. Les forts semblaient les plus nombreux. Moi j'étais hors jeu. J'observais, planqué dans mon coin. Les plaisanteries comme les insultes avaient toujours trait au sexe : le vagin de ta mère, le livre ouvert de ta tante, la religion du cul de ta sœur, le donneur, le vendeur de son cul...

Il y avait Hmida, un gars au crâne rasé, venu des environs de Fès, et qui s'était imposé comme le chef de la rue et prétendait avoir « eu » tous les culs d'un quartier périphérique, il disait aussi qu'il les amenait au cimetière pour être tranquille ; il mettait souvent la main sur sa braguette, soupesant ses parties, comme pour menacer ceux qui en douteraient. En passant il mettait son médium entre les fesses des garçons et filles et riait d'un rire gras et satisfait. Il aimait ceux qui lui résistaient et qui se défendaient. C'était une brute qui n'hésitait pas à exhiber son sexe pour effrayer les petites filles qui allaient chercher de l'eau à la fontaine publique. Je ne comprenais pas pourquoi certains gosses se laissaient tripoter les fesses par ce type. J'avais peur et n'intervenais jamais. Je collais contre le mur humide. Un jour il me dit : « Tu es pâle et maigrichon ; tu n'aurais pas une sœur à me donner ? » Il disparut quelque temps. On apprit plus tard qu'il avait battu un gosse d'un autre quartier ; il fut arrêté par le père qui faillit l'égorger. Il lui laissa des marques sur le visage avec une lame de rasoir.

Pour m'occuper, je m'étais fabriqué une petite caisse en bois — sorte de boutique ambulante et démontable —

où je vendais, assis sur le seuil de notre maison, des bonbons, des chewing-gums, des Bazookas et des sucettes. Je m'étais associé avec mon frère qui descendait à la médina faire les achats. Nous partagions les bénéfices ; je ne sais pas si nous gagnions de l'argent ou en perdions. En tout cas nous nous amusions et prenions au sérieux notre rôle de petits épiciers.

Je reçus un jour une grosse commande de bonbons à la menthe de la part d'un vieil homme, gardien d'une grande et belle maison. Le gosse qui faisait la commission insistait pour que la marchandise fût livrée à domicile. Je rentrai la boutique à la maison et partis apporter les bonbons au vieux. Il me paya un peu plus que ce qu'il me devait et m'invita à m'asseoir près de lui. Je n'étais pas dupe. Je vis dans ses yeux une malice qui me mit mal à l'aise. Il me passa la main sur le dos et commença à la descendre vers mes fesses. Je fis un geste violent pour m'échapper, mais il me retenait avec l'autre main. De toutes mes forces je poussai un hurlement ; il me lâcha en me jetant à la figure les bonbons. Il proféra une série d'insultes. Je courus tellement vite que je dépassai notre maison sans m'en être rendu compte. J'expliquai à mon frère que le vieux avait essayé de me toucher les fesses. On organisa avec mes cousins une expédition pour lui donner une leçon. Armés de lance-pierres et de bâtons, nous envahîmes l'entrée où il résidait ; il fut roué de coups. Il ne se défendit même pas. Il riait et disait : « Venez. Approchez mes anges, frappez, j'aime vos coups ! »

Depuis je me méfie des regards lubriques.

II

La santé ne m'allait pas très bien. On s'habitue à tout, même à une demeure de paille tressée. Je regrettais le temps du couffin où j'étais plus libre, maître de mon rythme, sorcier et gardien de mes rêves. J'étais guéri, rendu à la masse des enfants courant dans les rues ou dans les couloirs de l'école. Las de nostalgie, je découvris la peur, la peur physique. Peur de tomber, peur d'être bousculé, de perdre l'équilibre, d'être piétiné par une mule ou écrasé par un dromadaire, peur d'être mordu par un âne chargé qu'un fou aurait excité en lui donnant à manger quelque herbe étrange.

J'avais peur d'être vu ou entendu par Dieu quand il m'arrivait de prononcer son nom, dans les toilettes. Comme on m'avait dit qu'il était partout, qu'il entendait et voyait tout et que rien ne lui échappait, j'étais pris de panique. Je courais dans la maison à la recherche d'un trou où me cacher : je disparus dans un grand coffre. J'avais le nez collé au trou de la serrure pour respirer. La maison me parut calme. Dieu devait avoir trop de choses à faire ailleurs pour venir donner une paire de baffes à un gosse qui doutait de son ubiquité. Je passai toute la journée dans le coffre ; j'attendais. Il ne se manifesta point. Je quittai ma cachette pour dîner, un peu déçu et soulagé. J'aurais pu manquer d'air et de force pour soulever le couvercle et échapper à la mort. J'eus l'impression que ce n'était que partie remise, et qu'un jour ou l'autre il allait me rappeler à l'ordre de la terre froide. La mort ne me faisait pas peur. Son rituel, oui. Pourquoi la mort ne fait-elle pas son travail proprement, et pourquoi laisse-t-elle aux vivants le soin de lui empaqueter ceux et celles dont elle décide de s'approprier l'âme ? Pourquoi ne fait-elle pas le ménage, simplement, sans bruit, sans déranger le sommeil des enfants ?

On ne m'avait pas fermé les yeux devant le mort. Nous étions tous là au complet, les amis et les ennemis, les indifférents et les curieux, tassés dans la cour de la maison. Le jet d'eau de la fontaine était mince. Des visiteurs connus et inconnus venaient verser une larme ou faire semblant. Les mendiants se pressaient pour être du repas du mort.

Il y avait l'oncle courageux qui s'activait, allait et venait, réglait les détails et surtout donnait un coup de main aux laveurs du corps. Il transportait l'eau chaude dans des seaux en bois, entrait et sortait de la pièce où on préparait le mort ; il le faisait avec aisance et simplicité. Je ne savais pas si je devais l'admirer ou le craindre. Je me tenais sur la pointe des pieds pour éviter d'être éclaboussé par l'eau sale qui coulait de la pièce. Je faisais des acrobaties pour ne pas marcher dans cette eau rejetée par le cadavre. La mort devrait nous éviter ce remue-ménage. Je restais là à humer l'encens du paradis et à écouter les psalmodies des prieurs professionnels. La pièce était fermée, la toilette n'étant pas terminée.

Au milieu de la cour on avait préparé le tapis et la natte en paille verte pour y déposer le corps. C'est sur cette natte que les plus vertueux font leur prière. C'est dans cette natte qu'on enroule le corps des enfants. Je n'ai jamais aimé cet objet de l'artisanat. Je refuse de le toucher ; je l'enjambe en maudissant celui qui l'a laissé traîner dans le salon. Il fait partie du décor et du rituel de la mort. J'étais donc là, presque suspendu, quand je vis une main jaunie apparaître entre les battants de la porte. La main d'un laveur, jaunie par le safran qu'elle étalait sur le mort. La main s'agitait ; ouverte, elle attendait. Une voix rauque réclamait une datte. On avait oublié la datte. Le mort allait partir sans ses yeux. Quand le linceul moule tout le corps, il est possible de confondre la tête avec les pieds. On dépose alors sur la partie qui serre la tête, à la place de chaque œil, une moitié de datte. Le corps habillé du linceul cintré est posé sur la natte. J'étais toujours là, les yeux grands ouverts. Je devais tout voir et enregistrer. Une épreuve que je m'imposais. La mort, c'était cela : les femmes rassemblées à la terrasse criaient, hurlaient. Un homme les sommait de faire le silence. Un fqih allait lire le Coran. Silence et recueillement. Les femmes pleuraient sans faire de bruit. Les hommes veillaient sur l'ordre. J'étais fasciné, terrorisé, pensant déjà à la nuit impossible à laquelle je ne pouvais échapper. La nuit était déjà là. Les ténèbres m'envahissaient, je me voyais en train de courir dans un tunnel, poursuivi par le cadavre dans son linceul. A force de courir il avait perdu les deux moitiés de datte. Le cadavre était aveugle. Il gémissait. Sur son linceul, il y avait un peu de terre. Le tunnel était long, interminable. Au moment où je vis une issue, je me rendis compte qu'elle débouchait sur un autre tunnel, un trou encore plus noir et plus long. Et toujours, derrière moi, cette tache blanche qui courait en trébuchant et en poussant des râles. Je n'avais aucune chance de lui échapper. Je savais qu'une main raide et forte, une main froide et blanche allait s'agripper à mon épaule et me tirer vers une trappe encore plus profonde et plus noire que le labyrinthe.

Je fermai les yeux et je vis une prairie ensoleillée où une statue peinte en bleu se penchait pour ramasser des coquelicots. Le bras bleu devint vert en me tendant le bouquet de petites fleurs. Je le portai à mes narines. Je ne sentis rien, mais une très forte lumière m'inonda et m'emporta vers un verger où tout m'apparut paisible.

C'était la fin du cauchemar.

Deux hommes, robustes et pâles, entrèrent dans la cour avec un palanquin vide. Les femmes de la terrasse hurlèrent. C'était le moment du départ. Tout le monde se leva en se bousculant un peu. On mit le corps dans le palanquin. En le hissant sur les épaules, le mort bougea ; il fut secoué. Geste de refus ? Signe d'adieu ? Promesse de retour ? J'avais le choix. Je fixai les pieds. Bougeaient-ils ? Ce corps était-il encore habité ? On dit que l'âme déménage lentement et que le corps garde un peu de sa chaleur, du moins jusqu'à la visite des anges. Étaient-ils au courant ? Personne ne les avait prévenus. Ils devaient être là pour le transport de l'âme. Les secousses, c'était donc une de leurs plaisanteries. Mon oncle ne voulait pas mourir. Il n'était pas prêt. Il négocia toute une nuit avec les anges qui le pressaient de rendre l'âme. Il était encore jeune et prévoyait d'aller à La

Mecque. Les anges accomplirent leur tâche sans lui laisser de répit. Pour eux c'était de la routine.

Le cortège eut du mal à sortir de cette maison basse. La rue était très étroite. Les psalmodies revenaient en écho. Tout le monde suivait le corps, à l'exception des femmes restées à pleurer dans la maison. Des inconnus, des passants se joignaient au cortège. Ils demandaient qui était le mort. Certains semblaient le connaître de vue ou de réputation. C'était un brave homme, disaient-ils. Ils l'accompagnèrent jusqu'à l'entrée de la mosquée pour la dernière prière puis repartirent. D'autres participèrent à la cérémonie jusqu'à la fin. Ils serraient la main de la famille et prenaient un demi-pain rond et une poignée de figues sèches. C'était le repas du mort, le repas qu'improvisait toute famille frappée par le deuil. J'étais soulagé de voir enfin le corps déposé dans la tombe. Tout se passa très vite. On le recouvrit de terre et de pierres et on prit le chemin du retour... Je ne voulais pas revenir à la maison de mon oncle. J'évitais même de passer par les rues qu'emprunta le cortège. Je rôdais dans la ville, repoussant de mes mains l'approche de la nuit. Mes parents n'avaient pas remarqué mon absence. Je leur demandai si je pouvais dormir dans le même lit qu'eux. Ils me grondèrent et me rappelèrent que j'étais un homme, et un homme ne doit avoir peur que de Dieu, pas des hommes, et surtout pas quand ils sont morts ! A neuf ans j'étais un homme ! Je dis :

— Bien sûr, je n'ai pas peur. J'ai simplement froid. Je vais dormir avec mon frère, car, lui, je sais qu'il a peur, mais il n'a pas osé l'avouer. Je sais qu'il tremble. Alors je vais lui tenir compagnie et lui conter des histoires. Mais avant d'aller dormir, est-ce que je peux vous poser une question ? S'il revient cette nuit, est-ce que je vous réveille ou je le fais attendre ?

— Qui ?

— Mon oncle !

— Va-t'en et arrête de penser à ce pauvre homme. Laisse-le en paix !

J'avais enfin réussi à leur faire peur. A présent, je pouvais dormir tranquille, je n'étais pas le seul à trembler devant la mort.

Je dormis profondément, sans faire de rêve ni de cauchemar. Nous sommes revenus le lendemain à la maison de mon oncle. Je fus impressionné par le poids du silence et la sérénité des femmes. On parlait à voix basse pour ne pas déranger les traces laissées ici et là par le défunt. Ses affaires étaient à leur place. On n'avait pas osé ranger ses habits. On évoquait sa vie brève, sa bonté ; on parlait de ses qualités. Les femmes étaient toutes vêtues de blanc. Ni bijoux, ni parfum, ni fard. Le deuil, c'est une façon d'être prêt à enjamber la vie sans la vanité et les apparences qui la maquillent. De cette uniformité dans le deuil, se dégageait une beauté qui me rendait ces femmes plus proches. Les hommes semblaient au-dessus de ces marques extérieures du respect ou de la douleur. Ils fumaient, mangeaient bien, faisaient des plaisanteries et parlaient d'héritage. Il fallait faire l'inventaire et procéder au partage. Ils comptabilisaient tout, même les ustensiles de cuisine. C'était cela ce qu'ils appelaient l'esprit de justice. Je ne savais pas que la mesquinerie pouvait un jour se mêler à la justice. Je fis remarquer à mon père que son frère n'aurait pas aimé ce genre d'étalage et de calcul. Il me dit que j'étais encore jeune mais que j'avais raison. Pendant ce temps-là les objets étaient mis de côté et on sortit un grand cahier pour tout enregistrer. Tout devait se dérouler très vite. Il fallait en finir avec le mort, avec la mort. Les femmes, à l'écart, n'intervenaient pas. Aucune couleur sur le visage ou dans les robes. Rien que le blanc de la pureté et de l'abstinence. En regardant tous ces gens s'agiter autour d'un absent, je me dis qu'ils faisaient tout pour échapper à la nuit noire dans le tunnel et que je n'étais pas le seul à redouter une telle traversée. Je compris que la peur pouvait aussi atteindre et perturber les adultes. Ce fut là une petite victoire sur mes doutes.

III

Toute ville natale porte en son ventre un peu de cendre. Fès m'a rempli la bouche de terre jaune et de poussière grise. Une suie de bois et de charbon s'est déposée dans mes bronches et a alourdi mes ailes. Comment aimer cette ville qui m'a cloué à terre et a longtemps voilé mon regard? Comment oublier la tyrannie de son amour aveugle, ses silences lourds et prolongés, ses absences tourmentées? Quand je marche dans ses rues, je laisse mes doigts sur la pierre et je traîne mes mains sur les murs jusqu'à les écorcher et en lécher le sang. La muraille résiste même si elle penche un peu; elle ne garde plus la ville mais préserve les souvenirs. Que d'hommes se sont arrêtés au seuil de ces portes immenses, offrant leur corps à la terre et leur âme à l'usure de ce sable rouge!

Mère abusive, fille cloîtrée et infidèle quand même, femme opulente et mangeuse d'enfants, jeune mariée nubile et soumise, corps sillonné par le temps, visage saupoudré de farine, regard déplaçant l'énigme, emporté par le vent, main ouverte posée sur la ville qui dort, épaules larges supportant chacune un cimetière, chevelure longue captive de l'horloge murale, nombril tournant, meule ou moulin à eau, un ventre fatigué, un front ridé, bruit de poutres qui s'étirent, un ruisseau prisonnier dans l'une des murailles, terrasse ouverte, peinte à la chaux vive, femmes assises jambes et bras écartés, ruelles étroites et pierreuses, murs lapidés, délabrés, boue noire, reflet vert, ordures jetées au seuil des portes, épluchures de pastèque et de melon sur tête de veau calcinée, tomates écrasées, nid de mouches dans une vieille babouche, seau d'eau en plastique déchiré, touffe de cheveux, touffe de poils d'un sexe rasé, âne chargé de caisses de raisin, fumée de brochettes grillées, mendiant boiteux, enfant enjambant un roseau pour courir, rues basses, manque d'air, manque de lumière, mitron livrant le pain, homme pinçant une femme dans la cohue, cortège pour un enterrement, cortège pour un mariage, femme obèse avançant avec un bouquet de fleurs dans un vase de cristal, marieuse connue et hautaine, un rayon de soleil traverse les palmes suspendues au-dessus du marché, jument affolée glissant sur les dalles, écrivain public manquant d'encre, Leïla Mourad au cinéma 'Achabine, Farid Atrache en smoking dans *Matkulchi l'hadd,* la semaine prochaine, *Dhohour al Islam* est annoncé pour le mois d'octobre. Sur les terrasses on scrute la pleine lune pour y voir le visage du roi Mohamed al Khamis, écho d'une bombe qui a explosé au marché central de Casablanca, touristes effrayés serrant leur sac à main sur le ventre, radio Le Caire est brouillée, l'eau manque, Fès est fermée, recroquevillée dans ses légendes avec des maisons immenses ouvertes sur le ciel, des maisons belles, fraîches l'été, froides l'hiver, avec des citronniers dans les cours, des portes en bois sculpté, lourdes et hautes, des

cours carrées, des cuisines non aérées, des salles d'eau
obscures, Fès est quadrillée par des labyrinthes aux sept
tournants débouchant sur des impasses ou sur une rivière
souvent en crue, charriant les égouts de toute la médina,
un cheval fou a renversé des étalages de légumes, il
tourne en rond chez les teinturiers, il manque de tomber
dans un puits de couleurs, les artisans rient, le cheval
cabré hennit, ses naseaux fument, il sort, traverse le pont
et tombe dans l'oued Boukhrareb, se relève, la tête
penchée, le courant l'emporte en même temps qu'un
chat mort dans une caisse en carton, les teinturiers
plongent des paquets de laine dans la couleur, ils
chantent et psalmodient, un chien aveugle rase le mur,
un enfant vend des cigarettes au détail, un mokhazni
joue avec un vieux fusil, un incendie s'est déclaré à la
Qissaria, les murs se rapprochent, le ciel se baisse, la
terre tremble, les hommes courent, le visage de Fès est
plein de trous, un cratère argenté, cendré, un visage
bouffi, ravagé par la variole du temps, un visage ancien, antique, un objet d'art exposé chez les antiquaires,
statue déterrée par quelque archéologue, visage de
l'oubli, cerné par des murailles hautes et épaisses,
famille progéniture rang classe honneur préservés, enveloppés dans une couverture en laine anglaise, une
couverture rouge, ficelée avec une corde tressée de fils
d'or et d'argent, à l'écart du vent et des fissures, à l'écart
de l'humidité et de l'œil envieux, Fès a englouti l'amour
fou, aucun chevalier ne viendra rendre crédible la
légende, aucune femme ne jettera sa robe et ses chaînes
à la porte de la mosquée, à l'entrée de la ville, aucun
homme ne sera pris de folie et n'ira briser les miroirs des
siècles et chanter les prairies abandonnées, les villes

natales, mes villes natales avancent en moi et déterrent les pierres et les crânes, je suis leur cimetière, leur champ clos où s'entassent les ossements, où aucune âme ne fait escale, où aucun ciel ne descend ; où aucun océan n'arrive, je suis un verger entouré de grillage où viennent copuler les chiens et les ânes, mes villes natales sont autant de visages boursouflés sur lesquels glissent les mots, un chantier en plein travaux, un rire hideux, une voix sans chaleur, une langue tirée et des yeux globuleux, mes villes natales se sont regroupées en un lieu fictif, en une époque feinte avec des personnages fardés, des silhouettes voilées, où une voix prétend être la mienne et croit se souvenir, je ne la reconnais pas et tout ce qu'elle clame de manière appliquée et même solennelle ne me concerne point, je sais : la ville natale a rempli ma bouche de terre, de cendre et de syllabes, je les rends à présent au voyageur pressé et qu'il aille les disperser dans les flots de l'oued en crue, je pourrai alors quitter définitivement Fès et dormir longuement entre les bras d'une courtisane, âme déchue mais tendre et humaine, je pourrai enfin marcher sans que les pierres ne déchirent mes orteils, sans qu'une mule ne m'écrase contre un mur dans une rue étroite. Que de fois je me suis cogné les pieds contre des pierres plantées par terre ; que de fois ma tête a buté contre des poutres basses, contre des portes verrouillées sur un grand mystère. La rivière obscure dégage une odeur d'excréments, quelque chose de suffocant qui pique les narines, ce n'est plus la tête penchée d'un cheval qu'elle charrie mais les membres d'un corps humain, il me semble bien, je reconnais un bras et un pied chaussé, le courant rapide m'empêche de vérifier, je pars avec l'image brève d'un corps

44

décomposé butant sur les pierres, le cheval, gueule ouverte, a dû engloutir le corps anonyme. Je marche le long de la rivière et essaie de recomposer l'énigme du corps jeté en haut de la rivière, corps sans tête, sans visage, sans nom, il pourrait être à tout le monde, y a-t-il, ô adorateurs d'Allah, un visage qui aurait perdu son corps, une tête qu'on aurait séparée du reste de son corps, y a-t-il dans ce marché de vieilleries un nom aux membres et à la prestance absents ? Personne ne répond, des bras transportant de vieilles robes, des doigts accrochant de vieilles chaussures, une bouche ouverte hurlant des chiffres, quinze, dix-sept, vingt et un, il a dit vingt et un, et toi, que dis-tu, vingt-trois, c'est parti pour vingt-trois, qui dit plus, je ne dirai pas mieux, vingt-cinq... le marché aux enchères est un paradis pour ceux qui se lèvent avant le soleil, il brûle, il va et revient, c'est la vie qui monte et descend, je regarde les vendeurs : impassibles, j'observe les acheteurs : des statues au regard inquiet. Je cherche une tête qui irait ramasser le corps dans la rivière, les têtes sont bien visibles, avec un bâton, je tâte ce que cachent les djellabas, je donne des petits coups, je tombe sur des tibias durs, je cherche le vide, peut-être que cette tête avec ces yeux ternes est surmontée sur un pieu et que sous la djellaba il n'y a rien, pourquoi cette tête m'attire et comment lui dire que son corps est récupérable, que je l'ai aperçu se mêlant au ventre gonflé du cheval mort, il fait **chaud** dans cette place où on vendrait bien aux enchères les domestiques, tiens cet homme qui s'acharne à vendre des rideaux déchirés ou mangés par les mites, il a la tête à vendre n'importe quoi, n'importe qui. Je cours pour entendre battre mon cœur, je marche en sautant sur les pierres, je crache quand je vois un chat mort, je me cache au seuil d'une porte quand je vois un cheval sans cavalier. Une jeune femme sort en pleurant, appelant au secours. Elle vient de cette rue obscure, hurle et insulte la fatalité : pourquoi moi, je n'ai que vingt ans et mon corps, regardez-le, il est jeune et beau. Elle déchire sa djellaba et ouvre sa robe. Une vieille femme jette sur elle une espèce de couverture. Quelle honte, tu nous fais honte, je ne te connais pas, mais si tu étais ma fille — que Dieu m'en préserve — je t'aurais brûlé les seins et cousu le vagin, mais tu es une étrangère, ta mère ne doit pas être une femme de bien et d'honneur, que Dieu lui pardonne, viens avec moi je vais te calmer. Non, laisse-moi, mon mari est fou. Je l'ai vu préparer le couteau, il va me tuer, je le sais, c'est ça la fatalité, nuage obscur qui noircit mes jours, je n'ai que vingt ans ; je suis seule au monde, ô vous, hommes de Bien, aidez-moi, venez au secours de cette pauvre fille battue par un fou, mais pourquoi personne ne s'arrête, vous n'avez rien à craindre, venez avec moi et vous verrez qu'il est fou. Pauvre fille ! Que Dieu prenne soin d'elle et lui retire cette âme déchue ! La jeune femme se tourne vers le mur, pleure de toutes ses forces et se cogne la tête contre les pierres. Un homme intervient, un inconnu, juste un passant, peut-être un étranger, il n'a rien dit, il est venu d'ailleurs, il l'emmène hors de cette ruelle, peut-être à l'hôpital. Le mari sort de la maison, hagard, la chemise déchirée, il avance péniblement, un grand couteau à la main droite, il ne parle pas, il cherche sa femme, un mokhazni l'arrête, il se laisse faire, la rue redevient calme, sur le mur des traces de sang et dans un coin une babouche de femme.

Le jour se lève. Fès dort profondément. Les terrasses sont vides. Rien ne bouge. La mer me manque. Le large me manque. L'horizon. Voilà ce qui me manque le plus dans cette ville souterraine, une ville clandestine, privée de mer, de couleur et d'horizon. Je quitte Fès comme on abandonne une épouse infidèle ou une mauvaise mère.

Nous sommes partis en train à Tanger. Partis à la sauvette, sur la pointe des pieds, à l'aube, comme des voleurs, coupables, vraiment fautifs. Je sais, on ne quitte jamais la ville natale. Elle vous poursuit, peuple votre sommeil de cauchemars, de rêves prémonitoires, de rappels à l'ordre et au retour. Elle vous laisse crever n'importe où mais tient à se nourrir de votre corps. Tous les jours des corps sont rapatriés dans tous les sens de la géographie. L'appel de la terre est inscrit dans la chute du destin. On ne peut y échapper.

Le train n'était pas confortable. Il y avait dans notre compartiment une grosse femme qui, tout en allaitant un enfant, mangeait du pain avec du beurre rance, mélangé avec des gousses d'ail bouillies. La nausée nous gagna un à un. Tout puait. Mon père alluma une cigarette pour assainir l'atmosphère. La femme lui dit que ni elle ni le gosse ne supportaient la fumée du tabac. Mon père sortit dans le couloir en se tenant les côtes. Il retenait l'envie de vomir. La femme prépara une tartine et me la tendit. Je refusai. Elle se fâcha et dit, la bouche pleine : on ne refuse jamais la nourriture d'Allah ! Je pensai : J'espère qu'Allah est plus clément et ne mélange pas l'ail avec le beurre rance ! Je sortis. Ma mère tenait sa tête entre les mains, résistant contre le mal de terre aggravé par la

puanteur de cette bouffe. Mon frère dormait. Je faisais
un effort pour ne plus penser à l'enfer, car on doit y
servir ce genre de tartines. Mon père me rassura. En
enfer, on ne mange pas. C'était dit sur un ton catégori-
que. Comment le savait-il ? En enfer, le temps n'est fait
que pour se consumer. Donc, il avait raison. La femme
ne mangeait plus. Elle dormait, la bouche ouverte, en
ronflant. Comment s'en débarrasser ? Ouvrir la fenêtre
en cassant la vitre et la jeter ? Elle se réveillerait. Non.
Mettre un chiffon dans sa bouche, l'étouffer ? Non. Il
faut être réaliste. Fès ne pardonne pas à ceux qui la
quittent. Cette femme est la malédiction vivante de la
ville qui nous en veut. Elle a dû être envoyée et placée
dans notre compartiment par les patrons secrets de la
ville. En fait mon frère ne dormait pas, il s'était évanoui.
Famille fragile ! J'avais déjà mon brevet de fragilité, une
espèce de laissez-passer en cas de besoin. Mon frère
devait être jaloux.

Elle descendit à la gare de Meknès. Mon frère fit un
commentaire méchant du genre « le frigo du boucher
était en panne... heureusement qu'elle est partie ».
Deux voyageurs maigres et pâles prirent sa place. Ils
devaient être des fumeurs de kif. Je vis une pipe
dépasser d'une des poches. Ils ne disaient rien. Très vite,
ils fermèrent les yeux et s'endormirent.

Mon père sortit les passeports et les examina. Tout
était en règle, même si on avait triché sur ma date de
naissance pour être admis à l'école. A cause de ma
maladie, j'étais en retard d'une année. Cela brouilla la
date réelle de mon arrivée au monde. Même aujourd'hui
je me plais à maintenir l'ambiguïté. Cela m'amusait au
début d'entendre mes camarades de classe annoncer

48

avec précision leur date de naissance. Moi, j'hésitais toujours. 1944 ou 1943, un jeudi matin à dix heures, la fin ou le début d'une saison, peut-être l'hiver, en tout cas pas l'été parce que ma grand-mère s'était enrhumée. Un an de plus ou de moins. Qu'importe ! Le temps à l'époque était pour moi quelque chose qui devait arriver et se passer devant. J'aimais ce flou de la naissance qui me mettait à l'abri des certitudes.

Mon frère et moi avions le même passeport. Je regardais la photo d'identité et je riais : les pommettes saillantes étouffaient un fou rire. C'était ma première photographie. Fou de joie, j'étais très excité et n'arrivais pas à retenir le rire. Il n'y avait pourtant rien de drôle, mais le fait d'avoir une image de mon visage me troublait. Quel visage présenter à l'appareil ? Je savais qu'il fallait être sérieux. J'hésitais entre l'enfant grave que j'étais et le gamin léger et insouciant que je voulais devenir. Ni l'un ni l'autre. Je choisis un troisième visage, celui qui rit pour rien, qui rit de lui-même, qui rit du simple fait qu'il fallait fixer une expression. Je n'étais pas fier du résultat mais cela m'arrangeait assez. Je posais déjà avec le double que je m'étais fabriqué.

Qu'est-ce que cette histoire de double ? Pourquoi je prétends ainsi en avoir créé un, par commodité ou par malice ? A quoi bon évoquer ce fait dont je n'ai pris conscience que beaucoup plus tard ? Il vaut mieux rester dans le train et raconter la suite.

Le train était un omnibus-express qui partait toujours à l'heure mais rien ne garantissait l'heure d'arrivée. Cela à cause de la douane espagnole installée à Arbaoua. La guardia civil recherchait des nationalistes. Parfois elle gardait tout le train en otage, exigeant des voyageurs de l'aider dans ses fouilles. Des types zélés ou inconscients dénonçaient des voisins de compartiment, juste pour libérer le train et partir. Cela arrivait rarement. Mon père était inquiet ; il avait peur d'être fouillé. Les Espagnols se plaisaient à humilier les Marocains et à leur faire sentir que ce pays ne leur appartenait ni au nord ni au sud. Les mains gantées des douaniers s'introduisirent avec brutalité dans nos poches. Ils prirent le bracelet-montre en or de ma mère et emmenèrent avec eux l'un des deux hommes qui sommeillaient en face de nous. Mon père était soulagé ; il portait autour de la taille toute sa fortune. Pas grand-chose. Un peu d'argent. Ma mère était très contrariée surtout quand il lui dit, un peu pour la taquiner, « ce n'est pas grave ; de toutes les façons tu ne sais pas lire ! ». Ce n'était pas tout à fait vrai. Elle avait appris toute seule à lire l'heure sur l'horloge murale de sa famille. Nous arrivâmes à Tanger tard dans la soirée.

La ville était illuminée. La mer, une grande tache noire, était éclairée par la pleine lune. Des lumières scintillaient du port à la montagne. Un ciel en fête, presque artificiel. Tout brillait dans cette ville. J'oubliais la nausée et la fatigue du voyage. Je voyais déjà dans ce décor la fascination du jeu, du mensonge et de la fuite. Je respirais profondément l'odeur de la mer. Une façon de m'enivrer et préparer la délivrance. Me libérer de la présence moite de Fès, de ses rues pierreuses et de son oued qui fend la terre comme une fatalité ou un signe précurseur de la mort.

J'étais prêt pour l'aventure, une sorte de liberté qui

me portait vers l'audace : regarder la mer, toucher
l'écume, effleurer la poitrine des femmes, emmagasiner
des images pour habiter la nuit et échapper à la solitude.

Odeur d'algues, parfum étrange et parfois suffocant
des vagues ultimes de la Méditerranée, d'énormes poissons ouverts, découpés en tranches sur les comptoirs en
zinc, des regards affolés à la recherche de nouvelles
conquêtes, des mains agiles agitant en l'air des liasses de
billets de banque, des mains qui vendent et achètent de
l'argent, des bijoutiers changeurs de devises, des marins
vendant sous leur djellaba cigarettes américaines et
bouteilles d'alcool, des rabbins descendant rue Siaghine
en marchant lentement, des gosses qui vantent l'hôtel du
bonheur et les tendresses de Paquita qui vient d'avoir un
arrivage exceptionnel, toutes ont moins de vingt ans, des
blondes et des rousses importées des Canaries, des
touristes suivent un guide ventru, des mains fureteuses
passent sur les fesses des étrangères, un homme égorge
un coq à l'entrée de la mosquée, une Anglaise s'éva-
nouit, un policier espagnol boit de la bière au Café
central, un poète américain fume du kif en caressant un
gamin sur ses genoux, un vieil homme tout de blanc vêtu
fait l'éloge. à voix haute de la vertu et de la morale
islamique, un autre appelle à la prière et au boycottage
des produits américains Coca-Cola en tête qui financent
les sionistes, un haut-parleur rappelle le match de
l'année, Tanger contre Tétouan, une femme en chemise
de nuit descend d'une jeep de police, injurie le vagin de
la mère de la police espagnole qui porte des culottes
déchirées, un vendeur ambulant vante la menthe et les
petits pois d'El Fahs, un Indien allume des bâtons
d'encens à la porte de sa boutique, une rue monte, une

place tourne, un grand peuplier donne de l'ombre au cimetière des chiens, une horde de touristes court derrière un guide devenu amnésique, un muret de pierres sèches érigé sur le boulevard Pasteur pour les paresseux, un gamin vend des lacets de souliers, Ismaïl Yassine dans l'armée est affiché au Vox, Cinéma Roxy ne passe que les films MGM, *le Roman de Marguerite Gauthier* est annoncé, *la Violetera* passe au Goya, un gardien de voitures en djellaba et chapeau melon fait les cent pas sur le trottoir en répétant je suis sujet anglais, je suis sous protection britannique, je suis ambassadeur clandestin de Sa Majesté la reine, un cireur lui jette des pierres, une rue descend, des palmiers se penchent, des fenêtres se ferment, le linge sur le balcon s'envole, il est arrivé cette nuit, un marin l'a dit hier soir au café, avec la pleine lune c'est inévitable, il s'annonce par de petites vagues blanches dans le détroit, le cafetier est nerveux, la plage est déserte, on l'attendait pour la fin de la semaine, il arrive comme expulsé par les côtes espagnoles, les portes claquent, les femmes d'El Fahs retiennent avec la main leur chapeau de paille, avec l'autre main proposent du fromage de vache, le vent d'est est là, maître et seigneur de la ville, il nettoie les murs et les rues, il balaie les places et jette des grains de sable dans les yeux, il tue les microbes et excite les égarés ; le vent d'est renverse tout sur son passage, il met de l'ordre, amplifie les rumeurs et tient la ville prisonnière dans le vertige ; il n'est pas légende, sa violence donne un grain de folie, il recouvre le port de grandes vagues blanches, ses rafales tantôt longues et sifflantes, tantôt brèves et cinglantes frappent, giflent, renversent, déchirent l'air et font bouger les tombes, même les morts sont tirés de leur éternité par ce fléau invisible et têtu, il tournoie à l'infini, s'arrête un moment et reprend sa course, cela fait dix jours qu'il se déchaîne, il dérange les plans des contrebandiers, certains affirment qu'ils en profitent pour décharger la marchandise en bas de la falaise, on l'a su après, on a retrouvé deux corps déchiquetés sur les rochers après son départ, la police des côtes n'ose pas lui tenir tête, tant mieux pour la contrebande, au Petit-Socco la cartouche d'américaines devient rare, c'est la faute au vent, le muret des paresseux est inoccupé. On attend l'accalmie, on prie pour l'apaisement, au treizième jour on commence à le maudire, quand il s'en va, une paix étrange et suspecte règne sur la ville comme après une longue tempête ou un naufrage, les gens deviennent doux, ils se font des politesses, le vent les a matés, la lune s'éloigne, on remet les tables et les chaises sur les trottoirs, les amoureux clandestins s'embrassent dans les terrains vagues, on rouvre les fenêtres, on remplace les vitres brisées, et on oublie, d'autres pressentent et attendent la prochaine visite, sera-t-elle aussi terrible que la précédente, supportera-t-on longtemps cet intrus qui casse tout ? Viendra-t-il gâcher la saison d'été, fera-t-il fuir les touristes ? Le vent d'est est le seul personnage qui ait de l'humour dans cette ville qui se vend et s'achète, il est cruel et fidèle, sème le doute et fait des trous dans la routine, il est l'impromptu qui déchire les voiles de la nuit, laissant peu de répit à ceux qui aiment se préserver, avares de leur corps et de leurs émotions.

Des senteurs d'herbes arrachées se dégagent des jardins et des cimetières ; quand elles se mêlent au parfum de la mer, cela donne le vertige. Je me tenais la tête entre les mains, heureux de tourner sur moi-même et d'être emporté par des musiques lointaines. Je marchais dans la ville avec la ferme intention de la séduire, de la posséder, ou du moins de me faire adopter par elle.

A l'école nous fûmes traités, mon frère et moi, de Fassis blancs et teigneux, d'autres nous disaient que nous avions la tête à donner notre cul, d'autres enfin nous traitèrent de juifs. Curieusement cette agressivité ne nous toucha pas. On laissa dire et médire. La seule chose qu'ils pouvaient nous reprocher c'était d'être de bons élèves, disciplinés et bûcheurs. Nous n'étions pas des révoltés, mais des écoliers propres, soigneux et pas drôles du tout. De la cour de récréation on voyait la mer. Elle changeait de couleur et de rythme. Au lieu de jouer avec les autres, je la contemplais. Regarder la mer et être ému par son mystère tenait lieu de provocation silencieuse.

Nous habitions dans une maison sombre aux murs délabrés et plafonds fissurés. Pour voir le soleil il fallait monter à la terrasse et attendre. Une pièce profonde à l'entrée servait de boutique à mon père. Notre voisin immédiat était un laitier connu pour trafiquer le lait. En face c'était David, un tailleur juif d'origine espagnole. Une amitié prudente mais sûre nous lia à David. Elle ne s'exprimait pas par des embrassades prolongées ou des politesses, mais par un échange hebdomadaire de plats cuisinés ; le vendredi, il emportait chez lui un plat de couscous ou un tajine et le samedi il nous envoyait avec sa bonne, une vieille musulmane, une marmite de skhina. Nous communiquions ainsi avec régularité. Quand il y eut l'expédition de Suez, il resta fermé quelques jours, puis vint rendre visite à mon père et lui

54

dit : « Quoi qu'il arrive, nous restons amis, cousins et frères ! » L'échange culinaire se poursuivit normalement jusqu'au jour où il disparut sans prévenir personne, ce qui nous surprit beaucoup et nous peina. Le laitier nous apprit qu'il l'avait vu la nuit en train de déménager.

Les temps étaient difficiles et l'humeur de mon père n'était pas toujours bonne. Il avait travaillé toute sa vie, et voilà qu'il se retrouvait, à la cinquantaine, aussi pauvre qu'à ses débuts. A l'âge de douze ans, il avait quitté ses parents pour suivre son frère aîné, émigré à Melilla, la ville marocaine qu'occupe l'Espagne. Il accompagnait les contrebandiers qui passaient du sucre et de la farine de la zone espagnole au reste du Maroc. Il connut la faim et le froid. De cette époque, encore aujourd'hui, il parle avec rage. Après l'école coranique il dut tout quitter pour gagner sa vie.

Nous étions, mon frère et moi, sa seule passion. Quant à ma mère, il la traitait sans ménagement. Elle n'avait rien à dire, elle encaissait les cris et les colères. Nous, nous assistions, en silence, au spectacle d'une vie conjugale mouvementée et peu enviable.

Nous avions de temps en temps la visite d'un cousin drôle et un peu fou. C'était un marginal, un cas sympathique dans cette famille de gens économes et calculateurs. Il disait avoir épousé sa femme à cause de ses gros nichons où il mettait sa tête pour dormir. Il apportait un peu de sa fantaisie à cette arrière-boutique, une maison sombre et humide. Instituteur, il s'amusait à truffer le Coran de versets imaginaires et même de mots grossiers. Non seulement il ne faisait pas le Ramadan, mais buvait de l'alcool et le criait sur tous les toits de la famille. J'aimais bien ses audaces et son courage. Un

jour il vint voir mon père et lui dit : « Félicite-moi !
Félicite-toi ! Finies les difficultés ! Finie l'arrière-boutique ! J'ai trouvé un emploi pour ton fils, une fonction
digne de son intelligence et de son sérieux. Il gagnera,
pour commencer, cinquante mille francs par mois, ce qui
nous fait un peu plus de sept mille pesetas au cours
d'aujourd'hui. Un métier formidable, ton fils sera facteur. Il distribuera les lettres d'amour et les cartes
postales venues du monde entier, même celles envoyées
de Chine. Il sera un homme respecté, aimé, attendu dans
toutes les maisons, et toutes les belles filles voudront se
marier avec lui. Alors qu'en penses-tu ? C'est formidable ! Embrasse-moi... »

Mon père le regarda longuement. Cette histoire ne le
fit pas rire. Il lui dit : « Tu as bu ce matin ! Va, et ne
reviens que lorsque tu auras repris tes esprits... Mes
enfants iront loin... médecin ou ingénieur ! »

Le pauvre ! Il avait cru bien faire. Après cette affaire il
n'osait plus venir à la maison. Son humour nous manquait. Il revint un jour, sobre, en djellaba blanche, un
chapelet de prière à la main. C'était la fête du Mouloud.
Il célébra avec nous le jour sacré de la naissance du
Prophète Mohammed.

Regarder la mer décoiffée, cernée par les faibles
lumières des côtes espagnoles, ramassée dans un drap
blanc tendu entre le cap Malabata et le rocher de
Gibraltar, la fixer sur des images vierges et l'emporter
dans la traversée du sommeil. Je hante la mer, reclus
dans une chambre humide, déversant sur sa nuque

56

l'ardente passion des sables, corps suprême que j'enjambe en inversant les saisons et croisant les parfums, ma bouche emplie de sa chevelure retient sa robe, je vais, rivage où scintille le songe, où tremble l'oiseau migrateur, je suis allongé, visage de fougère, appuyé sur le front plissé de la mer, j'ouvre les portes aux femmes aperçues sur la rive, une même vague m'inonde jusqu'à l'aube, dans ce lit où j'ai froid, sur cet oreiller de sable et d'écume.

Regarder la mer et rêver le corps des filles.

Un camarade d'école me loua pour une journée une revue de femmes nues. Une peseta par jour. Je la gardais sur moi, sous ma chemise. Je la montrais à mon frère dans un coin abrité de la terrasse. Nous étions un peu déçus car les femmes n'avaient pas de sexe ; à la place il y avait un petit triangle couleur chair et qui arrêtait net notre étonnement. Heureusement qu'il nous restait les bouches pulpeuses et les poitrines grandioses. On se passait la revue, faisant à tour de rôle des visites prolongées dans les toilettes. La sexualité, c'était ces images roses tronquées que je déchiffrais et dévoilais dans la solitude. C'était aussi toutes les femmes que je regardais passer dans la rue et que je faisais venir dans mon lit, le soir avant de dormir. Il y avait la femme du laitier, jeune et vulgaire, qui tenait la boutique quand son mari s'absentait. Elle m'offrait un verre de petit-lait. Je me tenais derrière le comptoir pendant qu'avec sa main humide, elle me caressait les cheveux. Il m'arrivait de me mêler à la foule pour sentir le corps d'une femme. Je retenais mes mains, prêtes à me trahir et aller fouiller sous une djellaba ou une robe. J'en parlais avec mon frère animé par les mêmes obsessions. Je n'en pouvais plus de me caresser sous les couvertures et d'accumuler les désirs reportés toujours au sommet de l'attente.

Je décidai alors de tomber amoureux.

Je la choisis blonde et étrangère. Je me fixais sur son image et je rêvais. J'étais au collège marocain, elle au lycée français. Je courais tous les jours l'attendre à la sortie. Elle m'ignorait. Je rougissais quand elle passait. Incapable de l'aborder, de dire un mot ou de demander l'heure. J'étais cloué par une timidité maladive. Je l'avais ainsi élue pour apaiser ma frénésie sexuelle qui se perdait dans une masturbation excessive et régulière. On appelait cela « habitude clandestine » ou « paille », traduction littérale de la *paja* en espagnol. J'espérais le calme, je découvris la honte. Cette fille était faite pour l'amour « pur », pas pour le sexe. Elle portait un nom approprié : Angèle. De toutes les façons j'aurais été incapable de la toucher. La honte. La faute. Je me sentais coupable aussi bien quand je convoquais son image dans les toilettes, quand je la découvrais lentement et passais mes lèvres sur ses seins et sur son pubis, que lorsque je l'oubliais volontairement pour lui préférer les images impures et inachevées du magazine. Mes rêves devenaient répétitifs et leurs couleurs se fanaient. Je n'en pouvais plus d'attendre, je décidai d'agir, je lui écrivis une lettre qu'un voisin qui était dans sa classe devait lui remettre :

Chère Mademoiselle,
Je suis un jeune Marocain qui souhaite faire votre connaissance pour vous offrir son amitié et espérer

la vôtre. Je n'ai aucune mauvaise pensée. J'espère de vous une réponse favorable.
Je vous prie, Mademoiselle, d'agréer l'expression de ma haute considération.

Bien entendu, je n'eus jamais de réponse. Je savais que j'étais ridicule, mais il fallait bien en finir. Déçu, mais étrangement soulagé, j'avais fait ce qu'il fallait pour être amoureux. L'échec ne me déplaisait pas. je renversai un encrier sur mes cahiers pour me prouver à moi-même que j'étais en colère.
Je rejoignis plus tard la faune cosmopolite et insouciante du lycée français dans l'espoir inavoué d'y faire quelques rencontres amoureuses. Les élèves européens se fréquentaient entre eux ; je me retrouvais dans le clan des Arabes. C'était l'époque de la guerre d'Algérie. Des camarades algériens partaient rejoindre le FLN ; des Français vivaient dans la hantise d'être envoyés faire leur service militaire dans les Aurès. Les rapports entre nous étaient souvent agressifs. Moi qui croyais avoir réalisé une promotion sociale en changeant de lycée, je découvris plutôt le racisme et la brutalité de l'histoire. Les camarades algériens ne revenaient pas. On n'avait aucune nouvelle d'eux. Je ne pensais plus aux jolies filles de la colonie française. Je me politisais sur le tas. J'eus une passion pour mon professeur de philosophie, une jeune femme remarquable qui ne cachait pas ses opinions politiques. Elle était marxiste et réunissait chez elle, le soir, les élèves arabes. Il y avait parmi nous deux ou trois Français qui soutenaient la cause de l'indépendance de l'Algérie. La première fois que j'entendis parler du Tiers Monde ce fut chez elle. Elle nous lisait des pages d'un

certain Frantz Fanon. On se passait *les Damnés de la terre* dont on recopiait des chapitres. Une campagne de calomnies fut lancée contre elle. Les parents d'élèves l'accusaient de subversion et de mauvaise moralité. L'Église dénonça son athéisme. Cela lui fit mal, très mal. Elle en mourut. Nous nous retrouvions orphelins. Je pleurai comme un gosse. Elle fut remplacée par un ancien professeur de latin, scolaire et conformiste. Il souffrit de notre deuil et de notre indifférence.

Cette femme eut le temps de marquer quelques générations d'élèves. Il y en avait un, grand et mince, qui nous précéda de quelques années chez elle et qui, très tôt, se trouva aux prises avec les mailles d'un tissu sale recouvrant le bourbier politique. Il était à la recherche d'un père disparu, probablement enlevé par des adversaires politiques. Impatient, vif, cet homme intelligent courait plus vite que le temps. Je me souviens avec quelle facilité il réussit à nous convaincre de constituer une association d'élèves pour défendre les principes démocratiques. Après cette initiation rapide à la politique, que nous reçûmes comme une clarté libératrice, il ne cessera de courir, fuyant la police, certaines erreurs ou bien lui-même. L'absence du père, l'audace, l'orgueil et l'ambition le voueront à l'exil.

Vingt ans après il court toujours, mais cette fois sans sacrifier l'humour, s'étant entre-temps débarrassé de quelques illusions et devenu par la force des choses un homme lucide et profondément désespéré.

Je ne regardais plus la mer. Une ombre de silence, couche épaisse d'absence, posée sur les vagues figées, retenues par la lumière nocturne. Des mains nues étalent de la chaux vive sur des murs fragiles et des enfants sages échangent des pierres et des images sur le pas des maisons. Au loin, navigue l'ombre pour apaiser le ciel. Du cimetière fleuri partent des moineaux vers des terres où la cendre est encore chaude. La main de l'hiver descend de la petite montagne et s'agite à la rencontre du vent. L'océan bouge comme un mauvais dormeur. Les lieux se précisent dans ma vision solitaire. La douceur des choses s'éloigne ; elle tombe, mièvre, pâle, mensonge. Elle est là-haut, dans un asile, cernée par des miroirs.

Une main se pose sur mon épaule. La main de mon père.

IV

Pourquoi aimes-tu si mal ton père ? Tu m'as beaucoup parlé de ta mère et rien dit sur ton père. Quand je t'ai vu avec lui, j'ai réalisé combien tu pouvais être dur. On ne soupçonne pas cette violence en toi. On devine ta capacité d'indifférence mais pas la sécheresse des paroles, le manque de gestes conciliants et apaisants. Avec ton père tu ne parles pas. Tu cries. Tu lui reproches son manque de tendresse pour ta mère, et en même temps tu as des marques de respect à son égard : tu lui baises la main ; tu ne fumes pas devant lui ; tu t'inquiètes sérieusement pour sa santé. Il t'arrive de rire avec lui. Tu te sens traqué par son regard, gêné par ses gestes d'homme miné par la nostalgie de Fès. Il émigra à Tanger parce qu'il ne pouvait pas faire autrement. Ce fut une sorte d'exil. Fès lui manquait et lui manque encore. Il refuse de savoir que le temps a passé et que Fès n'est plus dans Fès. Il veut ses souvenirs parfumés, embellis, intacts, illuminés par la tradition. Il en parle avec amertume. Il essaya de me dire quelque chose en espagnol, je l'écoutais. Il était heureux. Moi, l'étrangère, je faisais attention à sa parole. Du coup, il te regardait avec tendresse et même avec fierté.

Tu m'avais emmenée à la boutique. Il était content et voulait me remercier de ma visite, m'offrir quelque chose. Toi, tu étais pressé. Tu pensais à autre chose. Il me donna un pain de sucre et des mandarines. Tu étais un peu gêné. Il me parla encore de Fès. Est-ce une ville qui vous sépare ou est-ce un conflit qui encombre vos rapports ? J'ai renoncé à le savoir. Tu voulais passer rapidement sur cet épisode de ta vie. Malgré la force de mes intuitions et la vérité de mes émotions, je sentais qu'il y avait là un mystère, une énigme difficile à percer.

Tu m'as montré un jour des photos de toi et de ta famille. J'ai particulièrement aimé une photo où tu es assis à côté de ta mère dans le grand salon. Elle, belle, vêtue de blanc, regarde au-delà de l'objectif. Toi, un visage d'une grande sérénité, celui de l'enfant, tu regardes vers une autre direction. L'émotion est là, retenue. Tu n'es pas collé à ta mère. Une toute petite distance vous sépare. C'est peut-être cela la pudeur : un petit espace qui éloigne et rapproche. Tu es assis, les mains retenant les genoux, plein de ton silence.

Sur une autre photo tu es debout sur le seuil d'entrée, à côté de ton père. Tu es grave, sérieux, tendu. Ton père pose en patriarche, la tête haute, digne. Toi, tu assistes ; tu dois être là ; tu t'ennuies ; tu es ailleurs, ton corps fait une parfaite figuration.

D'une photo à l'autre, tu as réussi à enjamber la mer. D'une présence sereine, un peu complice, tu es passé à une transparence figée.

Ce même jour tu m'as montré une autre photo de toi avec une jeune fille brune, enlacés sur la plage. Il y avait dans l'ensemble quelque chose d'émouvant. Je regardais ce couple jeune et beau et je t'observais. Tu as beaucoup changé. Seuls tes yeux sont restés pleins de lumière. Tu devais avoir vingt ans, elle dix-sept ou dix-huit ans. La tête posée sur ton épaule, elle sourit. Toi, gêné, tu esquives un léger sourire. Derrière vous, la mer. Une trace d'un instant heureux. Tu t'es retourné et m'as dit : « C'est elle, ma première fiancée ! »

A hauteur de souvenir, le citronnier a perdu ses feuilles. Arbuste sec, assiégé par une mort lointaine qui lui envoie de l'ombre, il résiste dans la cour de la grande maison abandonnée, vouée à la démolition par ordre de l'ingénieur qui veut rajeunir le visage ridé et fatigué de Fès. Peut-être que ces murs traversés d'une eau sourde et impure s'écrouleront à l'approche de la main tranchante dans le silence qui lave le songe de l'enfant. Celui-là même qui a perdu le goût des larmes, hanté aujourd'hui par l'étendue arrogante de nouvelles lumières, assis sur un banc de sable, aiguise une plume de roseau qu'il trempera dans l'encre sépia pour écrire des versets inversés, lettres errantes sur une planche polie par un peu d'argile.

V

Ma première fiancée, ma première femme ! Le premier corps enlacé, caressé, embrassé. Aimé. J'ai tremblé
pour ce corps, je l'ai fait mien. Je l'ai possédé et
longtemps retenu entre mes bras. Je lui ai fait mal. Je le
serrais longuement contre moi, en fermant les yeux,
l'étreignant jusqu'à perdre le souffle, le lâchant puis
recommençant sans jamais dire un mot, ni même regarder dans ses yeux. Elle ne disait rien, me laissait faire.
Elle avait les jambes légèrement arquées mais les plus
beaux seins de toute la zone Nord ! Des seins fermes et
lourds. Je ne les caressais pas, je les serrais, je ne les
embrassais pas mais les mordais, les suçais. On flirtait
dans les terrains vagues et même aux abords des
cimetières, de préférence au crépuscule, juste au
moment où la lumière devenait ambiguë, où nos corps
entraient dans l'ombre des premiers pas de la nuit. Il
fallait nous cacher, nous confondre avec le tronc sombre
de l'arbre, devenir invisibles, à l'écart des regards outrés
ou envieux. Je prenais ce corps à pleines mains, je le
pétrissais, je me collais à lui comme si je défonçais une
porte, comme si je piétinais un bout de terre, je
cherchais à cogner la tête comme si je devais y entrer,

me faire absorber, avaler, y trouver refuge, m'y installer pour en jouir à volonté, à l'abri des regards, je voulais qu'elle me porte en elle et que de l'intérieur mes mains sortent pour se remplir de ses seins. Affamé, assoiffé, sevré depuis des siècles, privé de plaisir, accroché à mes images, renvoyé à mes rêves humides, enveloppé dans des draps tachés de sperme éparpillé en croûtes sèches, maintenu dans une attente où au loin une toute petite lumière scintille, ramassé sur moi-même jusqu'à haïr mes mains et mon ventre, se donnant à eux-mêmes face à un miroir usé, ravalé dans mes pensées toujours les mêmes, drainant les mêmes images, celles récoltées dans la foule, sur une affiche de cinéma ou sur les pages des magazines, j'étais un adolescent à la tête lourde, devenue réservoir de clichés qui se bousculent, se décolorent, se mélangent, disparaissent, s'évanouissent pour revenir changés, méconnaissables, sales, osés, transformés par ce séjour dans la mécanique du rêve non pas érotique mais simplement pornographique.

Je me présentais ainsi à cette jeune fille qui ne pouvait soupçonner tout ce qui se cachait derrière ces mains et cette tête impatientes. Je n'avais pas honte. Non, je n'avais pas le temps de réfléchir, de penser et d'analyser mon comportement bestial. Je consommais ce corps sans le moindre remords. On ne faisait pas vraiment l'amour. On se faufilait derrière les arbres et je frottais mon sexe contre son ventre, debout, dans le froid, dans la crainte d'être surpris. J'éjaculais vite, retenant mon souffle, sans pousser de râle, une main posée sur son sexe. Adossés à un chêne, nous consumions nos désirs inégaux. Elle me serrait dans ses bras et il lui arrivait de pleurer. Des larmes chaudes coulaient sur mes mains. Je ne comprenais pas pourquoi. Je continuais à m'intéresser plus à ses seins qu'à ses yeux. Noirs, beaux, un peu tristes. Son regard était souvent lourd, chargé de mélancolie. Elle tremblait d'émotion quand j'allais à sa rencontre. J'étais fier et feignais l'indifférence. J'essayais de la faire rire. Elle riait pour me faire plaisir ou pour se moquer de moi, je n'étais pas drôle, un peu lourd et surtout très maladroit. Elle le savait — ce n'était pas difficile — et aimait me provoquer pour rire après. Elle riait, accumulait l'humiliation et l'attente ; elle pleurait en silence, la tête tournée vers l'arbre, posée sur le tronc rêche, cherchant un peu de tendresse, une main qui effleurerait sa chevelure, qui serait douce et légère sur sa nuque, une bouche qui recueillerait ses murmures, un regard qui rejoindrait le sien, juste un moment pris à l'indifférence, enveloppé de silence.

Où étais-je à l'époque ? Je passais. Mal parti.

Nous faisions des sorties à la vieille montagne, seuls ou en groupe. Nous nous mêlions à la nature pour nous caresser. Elle était vierge et devait le rester. Quand il nous arrivait — très rarement — de nous retrouver dans un lit, nous faisions l'amour dans les limites et le respect de ce tabou. Nos corps se mélangeaient, s'entrelaçaient, se confrontaient, s'énervaient puis se contentaient de ce qui était permis. La présence de la tradition et convention sociale a fait que notre sexualité a été infirme, inachevée et frustrée. Même moi qui avais moins de raisons de me plaindre, je ressentais profondément les effets de ce manque. Je voulais faire l'amour entièrement ; j'étais retenu, empêché, j'étais devenu le censeur en chef de mes propres élans. Je manquais d'initiative et d'audace. Sa résistance était naturelle, dans l'ordre des choses. Ce n'est pas par respect de sa personne ou de ses convictions que je préservais sa virginité. J'étais moi-même englué dans le marasme des conventions. Je la sentais disponible, offerte, perdue dans mon regard. Elle me parlait de sa famille, modeste, discrète. Elle vivait éloignée de sa mère qui devait être chrétienne ou juive ; elle n'en parlait presque jamais. Je ne cherchais pas à savoir. J'étais plein de cet amour que je considérais avec un air hautain. Je régnais sur elle, en mâle arabe tirant profit de la femme et s'interdisant toute expression de tendresse, vite assimilée à de la faiblesse. Ridicule et surtout inconscient, je la laissais m'aimer. Ma maladresse n'avait d'équivalent que ma prétention et mon égoïsme stupide.

Elle prenait des risques, bravait l'autorité d'un père sévère, érigeait le mensonge et la ruse en règle de conduite avec sa famille. Durant le Ramadan elle me rejoignait, tard le soir, dans un terrain vague, en haut d'une falaise d'où on apercevait les lumières de Tarifa. Elle pleurait en me serrant dans ses bras avec force et violence. Voulait-elle m'étouffer, me faire mal, me dire combien elle souffrait ? Elle appuyait les mains sur ma poitrine comme pour chercher à réveiller quelqu'un qui serait en train de dormir à l'intérieur. Elle ne caressait pas mon corps mais le palpait. Elle ne le recevait pas mais le bousculait.

J'étais absent et je ne le savais pas. Je m'éloignais de moi-même sans m'en rendre compte. Je partais sur la pointe des pieds et m'installais sur une terre lointaine, sur une terrasse d'enfance. J'étais déjà atteint par l'amnésie de moi-même. Plus la situation évoluait, plus je

69

perdais mon assurance et découvrais mes faiblesses. Enveloppé dans un tissu fin et délicat, j'avais entouré de grillage mon petit territoire. Je me déplaçais partout avec cet attirail, insinuant entre moi et les autres une distance. Installé dans une cage de verre, couché à l'intérieur d'une bouteille, assis dans une chaise roulante, je mettais en avant la fragilité que la maladie avait déposée dans mes os comme une trace tremblante. Je ne pouvais être atteint. Les mains qui se tendaient vers moi devaient traverser des vitres. Parfois elles se blessaient. Seul le vent violent me bousculait, renversait ma cage et brisait les vitres que je ne réparais pas. Je laissais ainsi des corps s'approcher ; j'étais incapable de les prévenir. C'était à eux de deviner l'obstacle. Ils venaient et, même blessés, ils restaient près de moi.

Vers la fin de l'année, je commençais à préférer ses yeux à sa poitrine. Son corps m'attirait toujours mais je sentais qu'il fallait sortir de ma cage. Je pensais à elle parce que j'étais touché par ses émotions, ses silences et son audace. Je savais qu'elle devait lutter avec sa famille pour simplement sortir, qu'elle rusait et risquait à chaque fois d'être battue par son père ou dénoncée par sa belle-mère. Je savais tout cela ; je le devinais. Je changeais d'attitude. Je lui écrivais des lettres, des poèmes d'amour. De petits textes, tendres et gentils, sans intérêt littéraire. Je lui adressais un poème par jour. Ils étaient bien mauvais, mais sincères. Notre relation commençait à exister autrement que dans la clandestinité des terrains vagues. Nous nous promenions, la main dans la main, amoureux, promis à des fiançailles d'amour en vue d'un mariage par amour.

Elle venait me rejoindre pour une nuit ou deux dans

ma chambre d'étudiant à Rabat. Elle faisait le voyage de nuit pour ne pas perdre de temps. Nos corps se découvraient, se reconnaissaient avec passion. Nos sexes s'effleuraient, se touchaient, mais ne se pénétraient pas. Nous eûmes plusieurs crises de confiance, des scènes de jalousie, des malentendus. Elle s'exprimait plus qu'auparavant, devenait exigeante, sûre d'elle, autoritaire. Elle menaçait de me quitter et au besoin de me tuer. Je me suis souvenu à ce moment-là d'une vieille qu'elle allait voir souvent à Tétouan ; une femme qui s'était débarrassée de ses trois maris successifs, morts l'un d'une congestion cérébrale, l'autre en s'étouffant après avoir avalé de travers et le dernier suite à une intoxication alimentaire. Morts suspectes, et personne n'eut l'idée d'inquiéter cette femme ! Comme tout le monde le dit, la vie et la mort sont entre les mains de Dieu. Que d'épouses battues se vengent ainsi, mettant quelque poudre dans le repas solitaire, jetant l'homme dans la folie ou la mort.

Je repoussais violemment ces images. Je me disais naïvement que lorsqu'on aime on ne tue pas ! Je me le disais, sans le croire, juste pour me rassurer. Justement, elle m'aimait avec passion, avec folie. La panique. Comment lui échapper ? Comment la retenir ? Que faire pour lui signifier que j'étais un brave garçon, mauvais bagarreur, fragile et simplement prétentieux ? Elle devenait de plus en plus sévère, débarquait dans ma chambre à n'importe quel moment, fouillait dans mes affaires, les sentait, lisait mes lettres, m'interrogeait sur le moindre détail. Elle se mettait nue et ouvrait la fenêtre, me menaçant d'ameuter les passants et de leur montrer sa nudité. Je devenais fou et ne savais plus comment la

71

retenir, comment calmer son hystérie. Elle venait près de moi, m'interdisait de la toucher et simulait l'acte sexuel. Elle me donnait un gâteau à la pâte d'amande et me disait : tu peux le manger en toute sécurité ; il n'y a dedans que de la farine et des amandes ; la vieille l'a préparé pour toi ! Elle me terrorisait. J'étais soulagé quand elle repartait. Je jetais le gâteau et essayais de mettre sur pied un plan pour m'en sortir. Dès qu'elle n'était plus là, je souffrais de son absence, je l'imaginais dans le lit d'un séducteur aux tempes grises. Elle me laissa entendre un jour qu'elle n'était pas contre l'amour entre femmes. Je pensais qu'elle couchait avec sa meilleure amie. Je trouvais cette idée encore plus insupportable. Je lui écrivais des lettres où je m'affolais, où je la suppliais de redevenir la petite fille tendre et émouvante que j'avais connue un an auparavant. Elle ne répondait jamais à mes lettres. Elle abandonnait ses élèves et venait me faire souffrir. Comme pour brouiller les pistes, elle se mettait à genoux, me demandait pardon en pleurant. Je la croyais, lui disais que je l'aimais, que je voulais vivre avec elle, ne plus jamais la quitter, l'épouser. Elle riait aux éclats, se moquait de moi. Un jour, elle se releva nue, posa sa main sur son pubis et me dit sur un ton sec : à présent que je ne suis plus vierge, tu ne m'auras pas ! Elle réussit à me blesser profondément. Je perdais la tête. S'était-elle donnée à un de ces dragueurs professionnels ? J'avais trop mal pour douter ou avoir de l'humour. J'aurais tant voulu tourner en dérision ces scènes, mais j'étais totalement pris dans les mailles d'une passion délirante.

Son père était un prolétaire ; il travaillait au port. Mes parents imaginaient mal une alliance avec cette famille aux origines obscures. Nous étions peut-être aussi modestes et même aussi pauvres que ces braves gens, mais nous, nous venions de Fès, la ville des villes. Au goût de ma famille c'est une forme de supériorité. Il n'était pas question de se mélanger à des « étrangers », ni de se disperser, c'est-à-dire ouvrir le foyer et le cœur, dévoiler le corps de la famille, ses secrets et traditions. Chacun devait rester à sa place. La différence sociale n'est pas seulement dans l'inégalité économique ; elle est aussi dans l'origine, les prétentions et l'histoire de chaque famille.

Au fond personne ne voulait de ces fiançailles. Je commis maladresse sur maladresse. J'étais déchiré entre cet amour où tout me dépassait et la famille qui disait vouloir me préserver d'une mauvaise affaire. Les négociations durèrent des mois. La cérémonie des fiançailles fut un moment d'une tristesse pesante, humiliante. L'acte de mariage fut rédigé à toute vitesse. Tout cela manquait de conviction et d'émotion. Le repas était froid, sans chant, sans joie. J'avais envie de pleurer, de me faire enlever et de disparaître dans une trappe, un puits ou un labyrinthe qui déboucherait sur une route longue, infinie, bleue, inondée de lumière.

Les barrières étaient là, hautes, infranchissables, les deux familles s'ignoraient. Tout le monde doutait ; personne n'était d'humeur à fêter quoi que ce fût.

J'étais malheureux. Ma fiancée était plutôt furieuse. Le fiasco était total. Nous venions de vivre, chacun de son côté, une première épreuve d'humiliation. Je n'eus pas le temps de lui parler, de lui dire que je voulais prouver mon amour, que j'étais prêt à aller jusqu'au bout, les circonstances ne le permirent pas. Le lendemain, tôt le matin, les gendarmes me convoquèrent. Je devais rejoindre dans la journée — avant le coucher du soleil — un camp disciplinaire où étaient regroupés des étudiants contestataires. Je pensais qu'avec ces fiançailles le destin avait été forcé et qu'ainsi je venais de mettre le doigt dans l'engrenage du malheur.

Qu'on me permette d'observer une pause dans le déroulement des événements. J'ai l'impression d'avoir effacé le visage de cette fille. J'entends encore sa voix et je devine ses pensées. J'ai retrouvé non pas des lettres mais un journal intime. Elle ne m'écrivait presque jamais, consignant dans un cahier d'écriture des poèmes, des petites phrases sensibles, des notes, des dessins, des espaces blancs délimités par un crayon rouge, des dates barrées, des points d'interrogation...

> *Décembre :* Comme la terre qui se ferme sur un corps, je suis seule. J'ai du mal à respirer. J'ai dix-sept ans et je ne reconnais pas mon visage dans le miroir dans la nuit de la nuit.
> Je me cache pour écrire, mais j'ai envie de crier. Je n'ai personne à qui remettre la lettre que les nuits, longues et froides, me dictent.
> Tanger est une seule rue : une ligne droite entre la maison et le lycée.
> Je sais que mon père me surveille.
> Pourquoi donc avoir inventé un homme pour occuper mes images et mes pensées. C'est étrange ! je l'ai taillé dans du granit. Une belle statue. Ses yeux, je les ai peints en bleu ; ses cheveux, je les ai saupoudrés de cendre et d'or ; ses épaules sont très

larges. Il est d'ailleurs. Je l'ai voulu étranger pour mieux rêver. Quand il me parle c'est ma voix que j'entends.

Il est temps de quitter ces rêves impossibles. Ma tristesse se met à bouger.

11 janvier : Je l'ai rencontré. Je l'ai vu. Studieux. La tête baissée sur un livre sérieux. Il est perdu. Peut-être qu'il est prétentieux. Il n'a rien à voir avec mon blond en marbre massif. Il bouge et me regarde de biais. Il est perdu ! Je lui ferais bien un croche-pied. Timide, il rougit quand il me voit. Je me promets de l'aborder la prochaine fois. Si je réussis, je serai fière et forte !

13 janvier : Je l'ai trouvé à la même table. Assis, les bras croisés. Les yeux plongés, ou faisant semblant d'être plongés dans un livre. La bibliothèque française est calme. Je lui ai parlé. Un prétexte. Il m'a prêté un stylo à plume. Il ne m'a pas regardée dans les yeux. Ma poitrine l'a impressionné. Il ne doit pas connaître de fille. Ici, les garçons sont coincés. Moi, je me sens plus libre même si mon père me surveille.

J'aime me retrouver dans le silence qui précède le sommeil ; je sens que j'ai le temps et toutes les libertés d'appartenir à la nuit et à l'homme que j'aurai élu dans les espaces blancs de ma solitude.

14 janvier : Je ne suis pas sortie aujourd'hui. Je me suis lavé les cheveux. J'ai essayé d'écrire. Toute la journée, une seule et même pensée m'obséda : l'homme arabe est violent avec la femme parce qu'il sait qu'il est perdant !

17 janvier : Je passe à la bibliothèque. Il n'y est pas.

En repartant je le croise dans l'escalier. Je le bouscule un peu en riant. Il redescend avec moi et m'accompagne dans ma promenade. Il me prend la main. Je me laisse faire. On s'arrête dans un endroit obscur, à l'entrée d'un terrain vague. Il me caresse les seins, me fait mal. Je l'embrasse.

19 janvier : Même heure, même endroit. Je viens un peu en retard, juste pour voir comment il va réagir. Il plaisante. Il me serre contre un arbre et met sa main sur mon sexe. Je serre les cuisses. Il s'énerve. Il me raconte des histoires qu'il croit drôles. Il m'amuse. Je crois que ce type m'intéresse.

2 février : Le soir j'essaie de lui écrire. Impossible. Envie qu'il me caresse. Je m'endors la main entre mes jambes.

3 février : Je le vois au cinéma. Pour la première fois il me caresse le sexe avec sa main. Je me lève et pars. Je crois qu'un ami de mon père m'a reconnue. Je rentre à la maison à toute vitesse avant l'arrivée de mon père.

4 février : Mon père me donna deux gifles, sans commentaire. J'ai mal aux dents. Je ne peux pas sortir avec la marque des doigts de mon père sur mes joues. J'ai honte. Ce type ne mérite pas que je me fasse gifler à cause de lui. Il me le paiera.

8 février : Il vient m'attendre à la sortie de l'école. J'ai peur, mais je suis fière de me montrer avec lui. Il est en colère. Je lui dis que mon père m'interdit de sortir. On prend rendez-vous pour le dimanche. Je le fais attendre une demi-heure. Je me cache derrière une porte et j'observe sa façon d'attendre. Il ne sait pas attendre. Très impatient, fait les cent pas, nerveux. J'aime le voir ainsi m'attendre. J'apparais au moment où il perd patience et décide de partir : trente-sept minutes. C'est pas mal. La prochaine fois j'espère arriver à soixante minutes. S'il m'attend une heure, cela voudra dire que je représente pour lui quelque chose.

15 mars : Il a attendu une heure et cinq minutes. Quand j'apparus, il me fixa et partit. J'avais trop forcé la dose. Je le regrette. Je me suis retrouvée toute seule.

16 mars : Je lui téléphone. Sa mère me répond. Désagréable. Je rappelle. Il me dit qu'il ne faut pas téléphoner souvent. Je raccroche et décide de ne plus le voir pendant une semaine. Il me manque. Je crois que je suis amoureuse. Mais ça ne se passera pas comme il l'espère.

Les mois d'avril, mai et juin sont vides. Quelques dessins. Des pages déchirées.

4 juillet : Quand va-t-il me faire l'amour vraiment ?
15 juillet : Une nuit à Ceuta. J'avais dit à ma mère que je partais à Tétouan chez ma tante. Poussée par mon père, elle vérifia. Nous fûmes surpris dans un café à Ceuta. Lui fit semblant de ne pas être avec moi. Ma mère le provoqua. Il ne réagit pas. Je la suivis sans me retourner. C'était convenu ainsi. Il joua bien l'indifférent. Mon père me frappa et désigna mon frère pour surveiller mes sorties. Il fit venir une sage-femme qui vérifia ma virginité. Cette situation de clandestinité ne peut plus durer. J'en ai assez de me cacher, de sortir masquée, voilée,

enveloppée d'une djellaba laide pour montrer à mon père que je suis soumise, j'en ai assez de retirer ma djellaba au coin d'une rue déserte et devenir une autre fille, soi-disant évoluée, non soumise. La solution serait de normaliser cette situation : des fiançailles en vue de préparer le mariage ? Je crains que ce ne soit une mauvaise affaire...

Mes rêves sont ternes. J'ai l'hiver dans les yeux et un peu de sable dans le cœur. Je respire mal. Mes poèmes sont tristes. Ma vie est fausse. Pourquoi suis-je si malheureuse ? Je ne suis même pas une révoltée. Je suis une petite-bourgeoise velléitaire qui aurait aimé avoir été une enfant gâtée. Lui, petit-bourgeois, ambitieux, prétentieux, et pas très courageux. Ma vie est plate. Tout est tracé d'avance : je vais de la maison à l'école ; de l'école à la maison. Heureusement que mes élèves me soutiennent par leur sourire et leur gentillesse. Je partirais bien en Europe. J'attends qu'un bel étranger, civilisé, fort et séduisant, vienne me prendre. Je deviendrai une autre. Je vivrai autre chose.

L'automne : J'ai eu une apparition hier en fin de journée au coin de la rue qui monte vers la casbah. Une vieille femme, mendiante ou folle, vint vers moi, le visage tourmenté, un œil couvert d'une croûte jaunie, une main tendue en ma direction, l'autre cachée derrière le dos. Elle boitait ou faisait semblant d'avoir un pied plus court que l'autre. Elle se tenait, comme un mauvais acrobate, sur la pointe du pied gauche, traînant l'autre en faisant du bruit. Sa djellaba était une couverture militaire toute rapiécée. Elle me regardait d'un seul œil, menaçante, son doigt me fixant comme une flèche. J'eus peur, et en même temps je sus très vite que je ne pourrais échapper à l'œil du destin. Je ne m'explique pas encore l'origine de cette pensée forte et violente qui me secoua physiquement. Je tremblais et je sentais que j'étais cernée. La rue était sombre et comme par hasard personne n'y passait, même les enfants qui jouent d'habitude sur la place à côté avaient disparu. L'œil du destin, est-ce cela la mort ? La mort est-ce cette femme boiteuse qui vous coince dans une rue déserte ? Mais la mort n'est rien m'avait-on dit. Me clouant contre le mur avec son doigt tendu, elle me dit dans un arabe mêlé de rifain :

« Va, va à la source, dépose sur la pierre gauche ta chevelure, mange le foie du lézard venu du Sahara, passe toute seule une nuit au bain de Dar Baroud, n'en parle à personne... et il sera à toi ! » En partant elle passa sa main sur ma poitrine et disparut en courant. La nuit j'eus la

Le cahier d'écriture s'arrêtait là. Elle a dû continuer sa phrase et son journal dans un autre cahier. Je restai en suspens, sur la pointe haute du mystère. Que penser de tout cela, vingt ans après ? L'idée d'avoir été frappé par un sort mauvais ou entraîné dans le labyrinthe de la faillite me traverse l'esprit de temps en temps, mais je refuse de croire à ce genre de choses, simplement parce que je suis un jeune homme chic et moderne, hanté par la manie de se préserver, prêt à fuir quand il y a menace ou danger, ayant trop les pieds sur terre, admirant la folie et la fantaisie chez les autres mais se barricadant dans une cage de verre, tenu éloigné de tel indice, observant la vie avec des jumelles et consignant le mouvement des feuilles et l'humeur des arbres dans des cahiers qui deviennent après des livres.

Je reprends ici mon histoire avant qu'elle ne m'échappe ou qu'elle soit détournée par un de ces conteurs malins, capables de vous inventer des souvenirs en pays lointains, en Chine ou au pôle Nord.

VI

Assis sur la banquette en bois du train je sentais to
mon corps se tendre, mes muscles se crisper et mc
regard se poser sur une piste de cailloux où, pieds nus
les mains attachées, relié par une corde à une voiture,
j'étais tiré pour être jeté dans un précipice. Je tirais sur
la corde comme pour ralentir la vitesse de la voiture où
je ne voyais pas mes tortionnaires, je hurlais, ne sentant
plus mes pieds tellement ils étaient blessés, déchirés,
coupés par les lames successives des cailloux taillés
spécialement pour cela. Mes poignets étaient aussi fêlés
et le soleil m'aveuglait.

C'était donc cela le jardin planté de pierres incisives et
de tessons de bouteilles qu'il fallait traverser avant
d'atteindre la sérénité du silence éternel. La mort,
encore une fois, venait à moi dans cette vision qu'ampli-
fiaient le bruit du vieux train et la succession un peu
ralentie, peut-être irréelle, des arbres qui longent la
voie.

D'un geste de la main, comme pour chasser une
mouche, j'effaçais cette image et enlevais mes chaussures pour voir l'état de mes pieds. Ils étaient rouges, un
peu enflés, et même chauds. Je ne pouvais pas les garder

n l'air, une dame, juste en face de moi, était en train de
manger des œufs durs dont la cuisson avait été prématu-
rément arrêtée. Elle avait du jaune d'œuf dégoulinant
sur les lèvres, sur les mains, et j'aperçus même une goutte
sur ma chaussure droite. Un enfant dormait sur ses
genoux, la bouche ouverte, les mains serrant une pièce
de monnaie, un liquide blanchâtre coulait de ses narines.

A présent j'avais des crampes aux jambes et des
fourmis aux pieds. J'essayai de bouger, mais j'étais
coincé entre mon voisin de gauche et celui de droite. A
eux deux, ils me serraient assez fort comme si j'étais leur
prisonnier. Je fis quelques tentatives pour me dégager,
mais l'emprise était solide. Il n'y avait rien à faire,
heureusement que je pouvais regarder le paysage et, de
temps en temps, fermer les yeux pour voir le visage de
ma fiancée.

Ma mère n'avait pas cessé de pleurer depuis que des
gendarmes avaient apporté la convocation. Comme
d'habitude elle n'envisageait que le pire, la mort et
l'absence, sa mort et mon absence ou ma mort et son
absence. Elle me dit en séchant ses larmes : « Que je
meure en ta vie... Que Dieu fasse que je ne vive jamais
le jour où vous ne serez plus là ! » Le problème
immédiat ce fut pour elle de savoir ce que j'allais manger
dans ce camp. Il n'y a de nourriture que celle préparée
par la mère. Elle aurait trouvé tout à fait normal que les
mères suivent leur progéniture dans ces lieux pour
qu'elle ne manque de rien. Ne pouvant forcer les lois,
elle remplit un sac de gâteaux secs, y ajouta quelques
œufs durs, deux pains ronds, de la viande séchée en
conserve, un pot de miel et un mouchoir brodé imbibé
de son parfum à sentir dans les moments difficiles de la

grande nostalgie. Ces adieux mouillés de larmes, avec
mon père qui passait sa main sur mon dos en lisant une
sourate du Coran pour que Dieu me préserve et me
ramène à eux en sécurité, l'autre main fourrant dans
une de mes poches une feuille où est calligraphié un
hadith du Prophète, et la bonne consolant ma mère se
mit à pleurer aussi, mais moi je savais qu'elle pleurait
parce que je n'irais plus la réveiller au milieu de la nuit
pour la pénétrer en douce et lui mettre la main sur la
bouche pour qu'elle ne crie pas de plaisir, et notre voisin
l'épicier, connu pour sa grande avarice, sortit de sa
boutique et m'offrit une boîte de sardines en me disant :
on ne sait jamais, au cas où la nourriture serait insuffi-
sante, accepte ce cadeau, il est gratuit, et l'infirmier de
l'hôpital en face qui draguait la bonne en profita pour
venir me glisser dans les poches une boîte d'aspirine, me
serra dans ses bras comme si nous étions de vieux amis, il
transpirait et puait l'odeur des médicaments, et le
gardien de voitures boiteux, borgne, traîna sa jambe
jusqu'à moi et me donna une clémentine, au même
moment le téléphone sonnait, c'était ma sœur et ma
tante de Fès qui se proposaient d'aller au mausolée de
Moulay Idriss y déposer une petite somme d'argent pour
que les fils du Saint et l'Esprit du Saint lui-même me
protègent, une espèce de protection contre tout, un
blindage invisible mais toujours présent, et ma fiancée,
où était-elle en ce moment, que faisait-elle, pourquoi
n'était-elle pas là, à m'embrasser et à pleurer comme
dans les films, puis à courir derrière le taxi comme pour
me dire je t'attendrai toute ma vie, ma fiancée devait
sécher d'autres larmes, celles de la désillusion, mon
frère, lui, se tenait à l'écart, il était ému et ne voulait pas

le montrer, il était monté à la terrasse et regardait la mer...

Depuis je déteste les adieux.

Je voulais manger une corne de gazelle, mais le sac était juste au-dessus de moi et je n'avais aucun moyen de l'atteindre. Le mouvement discontinu du train, plus la faim et l'angoisse faisaient que le mal de tête — une habitude familiale — montait en moi graduellement. Je le sentais venir avec la dure perspective de ne pouvoir le calmer. J'avais bien les aspirines de l'infirmier dans la poche, mais comment les sortir et où trouver un verre d'eau ? Le train lent, avec ses banquettes en bois dans ses wagons de troisième classe, la vitre embuée, voilée par la respiration et la fumée, la dame en face, mes voisins indifférents, le gosse qui s'était réveillé et jouait avec une espèce de marteau tournant, le militaire en face, sage et discipliné, l'approche de la nuit, les arrêts longs du train dans des champs brûlés par la chaleur, le corps déjà endolori et l'œil à moitié couvert par une paupière lasse, voilà à quoi je n'étais pas préparé et que je subissais dans un silence pesant.

De nouveau ma fiancée apparut, vêtue d'une robe en soie transparente. Ses yeux noirs, très noirs et très vifs me fixaient. J'étais assis sur une tombe dallée de marbre, la tête reposée sur la stèle, les jambes légèrement écartées. Lentement, elle se glissa entre mes jambes et se mit à lire la stèle : « Hadj Abdeslam Echerif, né à Tanger en l'an 1301 de l'Hégire et mort le 2 Cha'abane de l'an 1373. Que Dieu le tienne dans sa miséricorde et le destine à l'éternel du paradis... » Elle lisait ces phrases avec une sorte de volupté morbide et une ironie troublante, pendant que sa main me dévisageait. Sa tête

84

était posée sur mon ventre, bougeait doucement, comme si elle voulait réchauffer ses joues froides. J'avais honte car j'étais en érection et je me laissais faire. Un vent d'est violent et bref vint me déloger. Le cimetière était vide et au loin j'aperçus une silhouette franchir le petit mur qui entoure le mausolée. Mes yeux à peine ouverts voyaient flou. La dame en face mangeait de nouveau. Le train semblait rouler un peu plus vite. Il fallait rester éveillé pour ne pas rater la gare de Meknès où je devais descendre et prendre ensuite le car ou un taxi collectif pour la garnison.

Le village Daw Teït est à une trentaine de kilomètres de Meknès. Un village pauvre et rude où l'air est pur, incrusté en haut d'un rocher, à la bordure d'une forêt de pins et de cèdres. Les Français y avaient installé un campement militaire au début des années trente.

Je ne cessais de déplacer les collines et les portes. Je devais imaginer le village dans le moindre détail. Je bâtissais, j'effaçais, je démolissais. J'étais ainsi plongé dans mes travaux quand une main se posa sur mon genou gauche. Le soldat voulait quelque chose. Il me fit signe de sortir dans le couloir, se leva et attendit. D'un geste je lui fis savoir que j'étais coincé. De ses deux mains, il écarta mes deux voisins et je pus me libérer. Il me dit d'emblée, affirmatif :

— Tu vas là-bas !

— Oui, comment tu le sais ?

— Ta gueule de civil paumé et qui a la trouille...

— Non, je ne suis pas paumé, je sais où je vais, mais j'ai un peu peur... je suis un peu fragile... enfant malade...

— Tu veux dire enfant gâté !

85

— Non, non, vraiment malade, mais si tu veux, gâté par la maladie...

— Quel âge tu me donnes ?

— Trente, quarante...

— Cinquante moins l'Indochine... ça fait quarante-neuf ! En Indochine je n'ai pas vécu... j'ai baisé mais pas vécu... blessé la première semaine, là, à l'abdomen, non un peu plus bas... Non, je n'ai pas baisé. Je suis resté à l'hôpital, je regardais le ciel et la végétation. Je hais le ciel et la végétation. Quand j'avais mal, je voyais des araignées géantes descendre du ciel et me tendre des bras multiples qui se confondaient avec les branches des arbres... C'était horrible... Je ne te dis pas ça pour te faire peur, mais, tout à l'heure, j'ai vu dans notre compartiment des bras se tendre et j'ai eu envie de sortir, pour leur échapper, envie de parler... Tu n'aurais pas une cigarette... J'ai arrêté de fumer depuis que ma femme est partie, non ce n'est pas vrai, je n'ai pas de femme et je ne suis pas soldat... Qu'importe ! La mort viendra mettre de l'ordre dans tout ça, je lui réglerais bien son compte à celle-là, mais je ne suis pas pressé... ah ! tu ne fumes pas, mais alors va demander à ton voisin, il fume des américaines. Elles sont plus chères... Bon, écoute, là-haut sois un homme, ne te laisse pas faire, salut, je descends au prochain arrêt. Non, et pourquoi descendrais-je puisque je ne suis ni homme ni soldat, pas même un palmier. Je suis poursuivi par la malédiction des parents... J'étais un champion de la désobéissance ! Tu as une cigarette ? Ah, tu ne fumes pas... Tu parles le berbère ? Cela m'étonnerait avec ta peau blanche de Fassi bien nourri, choyé...

— Non, je ne parle pas le berbère, et ça n'a rien à voir avec la couleur de ma peau...

— Évite la malédiction des parents... c'est la pire... Depuis que mon père m'a maudit et renié, je suis sans âme comme un cèdre creux. Dans mes veines il n'y a pas de sang mais de l'eau, une eau impure... J'aurais tellement aimé être voleur, mais un grand voleur, pas ces petits gamins qui s'attaquent aux vieillards... mais je n'ai pas le courage.

— Pourquoi tu me demandes si je parle le berbère ?

— Je voulais te dire les phrases de la malédiction qu'une nuit une voix me dicta alors que je dormais dans un bordel de la montagne. Voilà ce que la voix disait :

nfel-n gim tamādunt (nous te laissons la maladie)
nfel-n gim zzeld (nous te laissons la misère)
nfel-n gim taula (nous te laissons la fièvre)
nfel-n gim tilkin (nous te laissons nos poux)
nfel-n gim taykra (nous te laissons le mal).

— Mais pourquoi me racontes-tu cette histoire ?

— Pour que enfin il t'arrive quelque chose ! oh, pas très grave, mais la vie commence parfois tard... je sais qu'elle s'approche de toi, tu vas bouger, tu vas changer, tu vas perdre quelque chose, peut-être l'équilibre...

— Tu es un agent du malheur !

— Si je veux l'être, je n'ai qu'un mot à dire, un nom à prononcer, un secret à te confier, et le fait d'être habité par ce nom que tu ne pourras épeler te rendra fou...

— Et pourquoi m'as-tu choisi pour parler ?

— Parce que les premières caresses de la vie vont se poser sur ton visage et que tu risques de ne pas les reconnaître. Tu comprends, je ne suis qu'un corps creux où le nom a été déposé. Il suffit que je le prononce pour mourir. Voilà, tu sais tout. C'est sa voix qui m'a transmis les cinq malédictions. En fait elles sont sept. C'est à moi de trouver les deux qui manquent. Et il paraît que si je les trouve, une nuit de pleine lune, je serai sauvé, car la septième est, à ce qu'on dit, une bénédiction qui libère ; elle apporte la joie profonde et le silence éternel. C'est pour cela que je rôde, je voyage, je parle, je cherche. Quand je t'ai vu monter dans le train, j'ai senti un vent tiède me traverser la poitrine. Cela fait des années que je tisse les rues, que je noue les routes aux sentiers, les chemins de hasard aux ruisseaux, les montagnes aux montagnes, les arbres au ciel. J'ai envie de m'arrêter, m'asseoir au bord de la route et contempler les pierres. Je me sens inondé de mots, de phrases, de paraboles ; les images se bousculent dans ma tête et je parle tout seul. J'ai longtemps été écrivain public itinérant. J'allais de village en village avec mon cartable, mes plumes et mes encriers. J'écrivais des lettres d'amour, des lettres de haine, des lettres de petits calculs... J'ai tant écrit, des vies, des petits bouts de vie... J'ai annoncé des décès, des naissances, je me suis souvent trompé ; parfois volontairement, d'autres fois sans m'en rendre compte. A présent ma tête est lourde, car au fond de ma boîte crânienne, un mot, un nom est suspendu, coincé entre deux petites veines, et si je le libère, si je le prononce, j'entame mes morts successives. Alors va, va-t'en, il vaut mieux que tu partes, je t'ai trop dit de choses, tu en sais trop, pars et oublie notre rencontre... moi aussi je pars, mais je ne sais pas où, mais qu'importe, je suis l'éternel voyageur, aujourd'hui déguisé en soldat, demain en

88

maître d'école coranique, ou en aviateur de l'armée
américaine...

Je me souviens encore du visage de cet homme, sans
âge, un visage marqué par l'inquiétude et le tourment.
On aurait dit, à la couleur de sa peau, qu'il venait du
désert ; je me rappelle encore avec précision ses longs
regards, sa voix. Il parlait un arabe presque littéraire, un
peu recherché. Je me souviens de ses mains, longues,
fines, prêtes à agir. Ses yeux étaient petits et clignaient
sans cesse. J'étais fasciné et en même temps j'avais peur.
On m'avait toujours conseillé d'éviter les rencontres
avec des inconnus. Quand il disparut, je me suis trouvé
tout d'un coup désemparé, angoissé et aussi plein de
quelque chose. Sa voix, chaude et enrouée, s'enlisait
tant dans ma tête que le bruit du train devenait
secondaire. Je revins m'asseoir, il n'était plus là. A sa
place, il y avait un jeune officier, lieutenant je crois, il
lisait le journal en fumant des Casa-Sport bleues. Je ne
regardais plus les visages qui m'entouraient, je rêvais,
j'étais ailleurs, comme si j'avais fumé du kif. Des visages
connus ou jamais vus défilaient devant moi. Il y avait
bien sûr le visage de ma fiancée, des traits réguliers, une
peau mate, des lèvres fines et très douces, des dents
blanches et petites, un menton haut, une chevelure noire
avec des reflets rouges laissés par le henné, des sourcils
fins et à peine rapprochés, un cou long et une lumière
vive dans le regard. Ce visage, familier, aimé, souvent
tendu, triste, se penchait et venait se poser sur mon
épaule, pour un peu de tendresse, un peu de joie. Et
moi, indifférent, je recherchais d'autres émotions.
   Le train s'arrêta. Une heure. Peut-être deux. Mes

voisins se levèrent pour regarder par la fenêtre. Un âne s'était couché en travers de la voie. Impossible de le déloger. Des volontaires étaient descendus aider les cheminots. Il n'y avait rien à faire. L'âne résistait de tout son poids. Un de mes voisins suggéra une solution infaillible : introduire une bonne dose de piment du Soudan, particulièrement piquant, dans l'anus de l'animal. Il bondirait et n'arrêterait sa course folle que deux jours après. L'autre voisin trouva l'idée excellente et se proposa d'aller en parler avec les cheminots. A ce moment précis, comme si l'âne avait pressenti l'intention sadique, il se leva et renonça à se suicider. Peut-être qu'un berger l'aiderait à se pendre un jour.

« Être un soldat, être le rêve d'un soldat, arbre au tronc creux qui tâtonne, se penche et se couche sur l'herbe, mais un soldat ne se couche point, crie, hurle, commande, met de l'ordre et ne rit jamais de lui-même... »

Ces mots étaient prononcés par une voix rauque, sereine, lointaine. Je les entendis encore par bribes, doutant de leur authenticité. L'homme qui les avait dits n'était plus là. J'eus beau rêver, inventer des situations, m'égarer dans des sentiers tracés par mes regards inquiets, la fin du voyage était imminente. La plupart des voyageurs étaient déjà debout, leur valise à la main. Les lumières de la ville défilaient en se reflétant sur les vitres. Je me levai moi aussi et pris mon sac. La gare de Meknès, petite, sinistre, provisoire. Les gens se bousculaient pour descendre du train, des mains de porteurs se tendaient, des policiers regardaient le spectacle sans bouger. Je pris place dans un grand taxi collectif qui faisait la navette entre la ville et les villages. Je dis

« Daw Teït », le chauffeur me dit « Ah, toi aussi ! » puis
se tut. Les autres occupants me regardèrent avec un air
de pitié ou de stupéfaction.

J'atteignis le camp dans la soirée. J'avais quelques
heures de retard. Déjà en situation irrégulière ! On me
dépouilla de mes habits civils et me donna un paquetage.
On me rasa ensuite le crâne avec une lame qui avait
beaucoup servi. Je saignais en silence. Je vis mes
cheveux tomber par touffes entières et joncher le sol.
Ces cheveux que je soignais et que je laissais pousser par
paresse ou par mode.

Le ciel était étoilé. Je m'étendis sur un lit de camp et
essayai de ramasser mes pensées. Éparpillées dans tous
les sens, elles s'embrouillaient, me fatiguaient. Je passai
la nuit à chasser les ombres qui me malmenaient. Elles
me narguaient, tirant mon corps du côté des pierres.
Pauvre petit homme à l'enfance gâtée, chutant brutalement sur le sol en ciment froid ! Je posai ma main sur
mon crâne. Il était froid. Je déménageais d'un corps à un
autre. Expulsé d'une vie où j'eus peu d'audace, je me
trouvais jeté, abandonné dans une longue nuit qui ne
faisait que commencer.

De quelle vérité, de quelle exigence était faite cette
nuit ? Il se sentait devenir une chose opaque, sourde et
non voyante. En même temps, comme par révélation
— un bouleversement de ses sens —, il touchait avec les
extrémités de son corps le monde et les choses. Il les
recevait en pleine figure, ouvrait les yeux : il n'avait rien
à donner. Il recevait avec patience. Ses vingt ans étaient

bouclés sur des taches d'ombre. Ses mots tournaient sur eux-mêmes et étaient ensuite renvoyés à l'herbe du cimetière. Exclu. Son image devait cesser de le préoccuper. Il fallait s'adapter, faire semblant de vivre, se taire, ne plus penser, obéir, oublier.

Il ne voulait pas s'accommoder. Il choisit de résister sans protester, il s'absentait. Son visage était là. Ses pensées ailleurs. Il revoyait l'homme dans le train, entendait encore sa voix, il crut même le reconnaître parmi les sous-officiers qui maintenaient l'ordre dans le camp. Allait-on l'isoler et lui confisquer ses fictions ? On le réveilla à l'aube et on l'affecta à une section où étaient rassemblés certains de ses camarades. Il voulait passer inaperçu, se confondre avec les autres, n'être plus cet enfant à la peau blanche qu'on n'exhibait qu'avec prudence et dont on avait entouré la vie d'innombrables vitres et miroirs. Bien mieux qu'avant, il sut cultiver l'indifférence non pas aux autres mais à lui-même. Il ne put cependant s'empêcher de penser à sa fiancée. Il lui écrivait des lettres désespérées. Elle ne répondait pas. Après quelques mois, elle vint le voir un dimanche après-midi. Elle ne le reconnut pas. Son image avait tellement changé : crâne et barbe rasés, amaigri, buriné par le soleil, pantalon de toile court et sandales grossières, il était devenu un autre. Même son sourire, qu'elle aimait, ne réussit pas à dissiper le doute chez elle. Alors il lui fit entendre sa voix. Elle esquissa un sourire bref et tourna la tête. Elle lui avait apporté de la confiture et de la mortadelle. Prétextant les horaires du car, elle partit vite sans rien dire. Il la regardait sortir du camp et il sut à cet instant qu'elle n'était plus sa fiancée. C'était son tour de ne pas être aimé.

Être enfermé donnait à sa souffrance une dimension mélodramatique.

Cinq pierres lourdes dans un sac de toile grise, cinq pierres à transporter sur le dos, d'une colline à un mont situé à l'autre bout du camp. Cinq pierres au moins que d'autres bras délogent du rocher, un mur épais inutile à élever au milieu d'un terrain abandonné, juste pour occuper des hommes, juste pour les exposer au soleil, tanner leur peau, durcir leurs muscles, les engluer dans l'absurde, les égarer dans la poussière, un chandail court à même le corps, rugueux, retient la sueur, une tombe creusée face au soleil, recouverte d'une bâche lourde, à même la terre un homme est couché, le visage découvert, brûlé par le soleil, immobile, silencieux, vingt-quatre heures sous la bâche, un autre fait la garde et leurs pensées se rencontrent à leur insu, même si leurs regards divaguent, même si l'homme couché commence à perdre la vue à force de fixer le soleil, aucune main ne viendra se poser sur ses yeux, aucun corps ne s'approchera pour donner de l'ombre, pour offrir un bol d'eau, la terre retient la chaleur et les pensées tournent, tournent jusqu'au vertige, cinq pierres lourdes déposées près d'un tas d'autres pierres, le dos se cambre, les épaules s'étirent, les mains durcies, blessées ramassent le morceau de toile grise, les jambes légères reprennent le chemin de la colline, les sandales s'emplissent de sable, les mots sont rares, inutiles, on se regarde et on poursuit la traversée. On s'arrête pour manger. Un quart de pain et une boîte de sardines. La langue sèche racle le ciel. Les mains froissées tâtonnent.

Assis, adossé à l'arbre, il retenait sa tête qui grandissait. Elle avait pris du vent, de la poussière et une touffe d'herbe sèche. Elle gonflait. Elle tombait. C'était à cause de. À cause de la blessure. Innommable. Lorsqu'une blessure s'élargit, elle peut déborder, traverser tout le corps et aller s'insinuer dans d'autres corps à qui elle soutirera le temps de mûrir et de fouiller dans les espaces de l'oubli quelque amour délaissé, incompris ou tout simplement meurtri et enveloppé de silence. De honte aussi. Le transport des pierres le soulageait, déplaçait ses pensées, la douleur physique le long du dos l'occupait assez, le faisait même rêver, de brefs moments, des instantanés traversés de lueurs vives, venues de là-bas, un ciel de couleurs, une page d'écriture laissée sous l'oreiller, cachée sous le matelas, des mots transcrits, dessinés, un livre ouvert lu de droite à gauche, sa main imbibée d'eau allait et venait sur son crâne rasé, le sang en croûte fermait les petites blessures, il pensait que l'âme passerait par ces ouvertures endolories, il s'obstinait à croire que l'âme est une poussière colorée qui prend la forme d'un insecte transparent, sans nom, et qui se laisse emporter par le vent vers les hauteurs du ciel, il savait que c'était ridicule, et voulait revenir à la naïveté de l'enfance, il regardait le ciel blanc, enveloppé d'un seul nuage, c'était cela le linceul du ciel, l'âme traverserait cet écran blanc, purifiée par le nuage, lavée, poussée vers d'autres confins par une main ou un doigt, il s'était construit plusieurs demeures dans le ciel où l'âme reposerait définitivement lorsque le corps, lâché par elle, se viderait entièrement, se dessécherait, s'anéantirait jusqu'à redevenir cette poussière sur cet insecte transparent ; il s'était arrangé ainsi avec les énigmes de la vie et de la mort, à l'époque où il vivait dans le couffin ; assis, adossé à l'arbre, sa tête légère balançait, ses fesses se cramponnaient à la terre dans un état de somnolence ; il se laissait tirer par les racines de l'arbre ; être englouti lentement ; la terre monterait ; le niveau du sol monterait, lui ne bougerait pas. Il ne rêvait plus ; fermant les yeux, il cherchait un visage, une main, une voix. Il entendit des cris, des râles, puis un halètement régulier. La voix qui criait devait être celle d'un jeune gars, un adolescent à la peau blanche et au visage imberbe collé à la terre, ses mains appelaient au secours, s'accrochant à des touffes d'herbe, l'autre voix le menaçait : « Tais-toi ou je te fais encore plus mal... ta gueule ou je t'égorge ! »

La chaleur faisait des trous dans sa peau, le rendant encore plus sensible : vue trouble, infestée d'images inutiles, accumulées, entassées, une couche épaisse d'images. C'était cela l'épreuve difficile. Allait-il résister ou succomber ? Cette voix de l'adolescent dans le buisson le poursuivait. Il apprit plus tard que l'affaire était grave, qu'elle fut vite étouffée. Le jeune gars était envoyé à l'hôpital ; l'auteur du viol avait disparu. Personne ne parlait de l'affaire. Hallucination certaine due à la chaleur suffocante.

De jeunes gars l'ayant vu écrire vinrent le voir pour lui demander de les aider dans leur correspondance : des lettres aux familles, des lettres d'amour, des demandes d'emploi, corriger des phrases, en inventer d'autres, relire des poèmes souvent naïfs mais parfois bouleversants. Il se sentait proche de ces hommes venus pour la plupart des montagnes. Ils l'aidaient à supporter l'épreuve. Il aimait écrire leurs lettres.

Mon père très cher,
Au nom de Dieu et de Mohammed son Prophète, je viens à toi pour te baiser la main et recevoir ta bénédiction. J'espère que cette lettre te trouvera en très bonne santé. Il me manque la vue de ton visage, mais je suis en bonne santé et tout va bien. J'ai hâte que cette lettre te parvienne pour te dire qu'ici la nature est belle et le ciel souvent blanc. Il fait très chaud et ma peau durcit. N'aie aucune inquiétude. On mange bien et on fait beaucoup d'exercices pour renforcer notre corps. Ils nous ont dit qu'en sortant d'ici nous serions des hommes et que jusqu'à présent nous n'étions que des femme-lettes. Je suis avec Abdeslam, le fils aîné de notre voisin. Lui aussi te passe le bonjour. Je te laisse un numéro pour m'écrire, n'aie aucune inquiétude tout se passe bien. Nous apprenons aussi à chanter, et quand nous faisons des marches nous chantons. L'air est pur. Me manque la vue de ton visage et celui de ma mère. Que le salut soit sur elle, et salue aussi mes frères et sœurs, ma tante et son fils, salue aussi le facteur et dis-lui que je lui pardonne. Il ne me reste plus qu'à te saluer, à baiser ton épaule et ta main droite. Ton fils obéissant : Abdel Kader.

Il y avait aussi un garçon timide qui lui apportait presque tous les jours des petits bouts de papier où il griffonnait des phrases inachevées :

Jeudi : Je monterai sur l'arbre et prendrai le premier bateau...

Vendredi : Dans le capuchon de sa djellaba je déposerai des cerises et des figues...
Un autre jour : Je traverse la nuit sur les paupières.
Mardi : Je suis seul, je dors seul, je rêve seul.
Dimanche : Je suis sur l'arbre ; je suis en retard ; le bateau est déjà parti. Moi je tiens mes couilles. C'est tout ce qui me reste. Je suis sur l'arbre et je pisse.

Il y avait un nommé Bouchaïb qui voulait absolument trouver une épouse par correspondance, car son cousin s'était marié ainsi avec une femme de Constantine en échangeant des photos et des lettres par l'intermédiaire d'une revue égyptienne de cinéma, *Kawakib.*

Je suis un jeune Marocain de vingt-deux ans, en bonne santé, et j'ai devant moi une carrière bonne. Je voudrais t'épouser, car je suis sérieux. J'aime le sport, les films indiens et égyptiens. Je ne bois pas et ne fume pas. Je suis orphelin. Ma famille est ici. Je suis heureux, chère mademoiselle, de te rencontrer devant le cadi. J'attends une réponse favorable de votre très haute bienveillance.

Il y avait un grand moustachu surnommé Volkswagen, à cause d'une ressemblance troublante avec la voiture allemande, et qui se promenait avec son grand transistor en dehors des heures de service. Il aimait envoyer des lettres vides, ou avec un peu de terre, à n'importe qui, il recopiait les adresses des enveloppes ramassées à la poubelle. C'était quelqu'un de gentil, un peu simplet, facilement irritable. Il voulait un jour écrire à Gamal

Abdel Nasser pour lui proposer ses services, ministre ou ambassadeur, ou à la limite espion. Il portait sur lui une photo du Raïs avec une dédicace qu'il s'était faite lui-même. Il disait que Nasser allait sauver la nation arabe et qu'il fallait le nommer chef suprême de tous les Arabes. Il parlait à voix basse en dialecte égyptien qu'il avait appris à force de voir des films de Farid El Atrache.

Les journées étaient longues et le sommeil difficile. Ils étaient vingt-cinq par chambrée, et il avait du mal à s'endormir, tant de résistance à vaincre : il y avait d'abord un mélange d'odeurs — sueur plus pets — à supporter ; il y avait ensuite cette promiscuité avec des gens qui traversaient la nuit comme ils pouvaient. Rêves sur cauchemars sur réveil agité sur des cris de peur ou de jouissance. Il pensait à tous ces rêves contenus dans ces lits superposés et qui devaient se rencontrer à un moment donné de la nuit, dans la gloire assourdissante des couleurs et des pierres, en haut d'une montagne éclairée par des projecteurs suspendus au ciel, un territoire gardé par une vieille chamelle à l'œil étroit et humide, entouré de rosiers sauvages et de cactus aux figues mûres, et sa main tachée d'encre s'essuyant dans la terre, une vallée ou une plaine sur une terrasse où toutes les femmes d'enfance bavarderaient cheveux lâchés sur des poitrines lourdes, il ne comprendrait pas comment ces hommes punis, désorientés, vidés de leur être à force de brutalité disciplinaire, aient pu atteindre ce territoire secret où ils étaient heureux et paisibles à attendre en ordre la caresse sublime d'une de ces femmes, à ne pas faire attention aux ruines sur lesquelles elles seraient assises les jambes légèrement écartées, certaines soutenant leurs seins énormes et les présentant

à des lèvres assoiffées, les hommes s'y approcheraient à
genoux, la tête découverte, l'œil brillant, s'essuyant
ensuite la bouche avec les pétales des roses sauvages, ils
descendraient ensuite par le ravin, chuteraient de
manière aérienne, magnifiques comme s'ils étaient deve-
nus des cigognes, élégants, précis, légers, il les observe-
rait se délivrer comme des enfants envoyés dans les
champs, le visage flétri, le cœur un peu affolé, il les
regarderait partir un à un, le laissant seul sur cette
terrasse, en haut de la montagne, il aurait froid, il
tremblerait de froid ou de peur, de désir aussi, et ces
mains et bras tatoués le couvriraient, une chevelure
épaisse se poserait sur son crâne plat et meurtri, il y
aurait un fauteuil dans ce jardin où un aveugle chanterait
jusqu'à l'aube, des chants sur lesquels les femmes
partiraient une à une comme elles étaient venues, lui
s'en irait sur les dernières notes du guembri, il descen-
drait non pas le ravin mais sur le dos de la chamelle, elle
le ramènerait au matin, dans la splendeur de l'herbe
mouillée et avant même le soleil, il retrouverait la
couverture grise, rugueuse, froissée par tant de voyages,
par tant de passages. Ce serait cela le sommeil peint de
couleurs vives, parfumé de jasmin, enveloppé d'amaran-
tes et de freesias. Ce serait cela le Territoire du Secret
dans un bout de la nuit profonde comme une rue ouverte
dans une médina sombre, une traversée entourée de
mystère et de lumière ayant la saveur de l'enfance et de
l'été frais, le moment de l'amour, l'étreinte de l'oubli.
Ce serait là la fenêtre que la main gantée d'une jeune
fille pousserait lentement pour le laisser passer ; on ne
dirait pas s'échapper, mais simplement enjamber la
fenêtre pour aller loin, tellement loin que lorsque le

vigile hurlerait pour réveiller toute la chambrée, il serait là mais absent, pris dans les bras et le visage de la prairie ; il se lèverait sans protester, donnerait son crâne à raser à son voisin ou même commencerait par raser celui du voisin avant de s'agenouiller et baisser la tête, la lame même vieille passerait sur la tête sans le blesser, il ferait sa toilette en chantant et serait prêt à exposer son corps habillé réglementairement, debout, immobile, à sa place, attendant l'instant de la revue, le grand vigile, le chef, passerait sa main sur son crâne et lui dirait c'est bien, il passerait ensuite ses doigts à l'ouverture des poches du pantalon, elles seraient fermées, cousues avec du fil solide, il lui dirait encore c'est bien, pas de main dans les poches, tu es en train de devenir un homme, pas peur du froid, pas paresseux, discipliné, à l'heure, droit, tu as les pieds sur terre et tu ne feras plus jamais de politique, il monterait la côte en courant « à petits pas », les bras repliés sur la poitrine, porterait sac et pierres sur le dos et irait loin, tellement loin que tous les vigiles seraient étonnés et douteraient de tant de discipline.

Sur cette photo j'essaie de sourire, mais je suis lointain. De mes yeux se dégagent une tristesse immense, une naïveté à la recherche de l'oubli. Mon visage porte l'ombre de mes cheveux. Sur mon crâne une petite cicatrice à gauche, un vide au milieu. Plus que jamais mon corps s'enracine dans la terre.

Sur une autre photo, je pose pour l'administration. Autour du cou on m'a accroché une ardoise où figurent un numéro, une barre inclinée, une lettre puis une date.

Je suis pâle. Mes cheveux ont poussé de quelques milli-
mètres. Mon regard se vide, ou plutôt on le sent posé au
seuil d'un cimetière. Il attend. Je suis sérieux et grave. Je
me sens traqué, pris par quelque animal. Regard traversé par le deuil. Il n'y a rien à en tirer. Ainsi, cette
photo a été prise la veille de ma libération. Je ne savais
pas si on allait me libérer ou m'envoyer ailleurs pour
parfaire le travail sur mes muscles, sur mes pensées et
ma volonté. J'étais prêt à subir avec la même tristesse, le
même vide dans les yeux une autre cure, réclusion,
privation, absence. On m'a remis mes habits. Une
chemise et un pantalon d'été. Il pleuvait. Un hiver rude.
Le deuxième hiver. J'ai quitté le camp en fin de matinée.
Je n'étais même pas heureux. Absent. Indifférent. Je
regardais mes mains, elles avaient changé, durci, grandi.

Je suis rentré chez mes parents et suis resté plusieurs
jours silencieux. Mon corps était là et mon âme errait
encore au pied de la montagne.

Durant toute cette période, je n'avais pas fait l'amour.
Une abstinence forcée de presque deux ans. C'est
curieux comme on s'habitue, même à l'absence de
caresses. On oublie. La vie n'est plus rythmée par le
désir. On n'en a même pas la nostalgie. Un soir j'ai fait
le mur avec des camarades et nous sommes allés dans
une maison de putains. Il faisait froid et je n'avais pas
vraiment envie de coucher avec une fille. Le hasard
m'attribua la plus jeune du groupe. Elle était maigre, le
teint plutôt pâle, toussait tout en mâchant du chewing-
gum. On éteignit toutes les lumières et chaque femme
tira vers elle son client. La mienne me tira avec violence,
se mit sur le dos, et, sans se déshabiller, ouvrit les
jambes et attendit. J'entendais sa respiration quelque

peu suffoquée, et ses mâchoires qui mastiquaient le chewing-gum, et ses mains sur ses genoux, impatiente, elle me pressa et me dit : qu'est-ce que tu attends ? Je m'allongeai près d'elle et passai ma main sur ses cuisses et sur son pubis. Sa peau n'était pas douce. J'entendais les autres forniquer et faire des commentaires. Elle introduisit sa main dans mon pantalon et me caressa sans conviction, sans douceur, j'éjaculai entre ses doigts. Elle se leva en me maudissant. Je n'eus aucun plaisir, mais une violente envie de vomir ou de boire un grand verre d'eau. J'étais pris de court, endeuillé, triste et déphasé. Mes copains étaient fiers. En sortant ils se mirent en rangée contre un mur et urinèrent en chantant. Une voix dit : après avoir baisé il faut toujours uriner, comme ça les microbes et maladies s'en vont ! Cela n'empêcha pas deux d'entre eux d'avoir une méchante blennorragie... je n'avais pas besoin de cette épreuve pour savoir que ma sexualité s'était absentée. Je n'avais pas de désir. Je palpais de temps en temps ma verge. Indifférente. Froide. Certains prétendaient qu'on mettait du bromure dans le café ou la soupe pour nous calmer et éliminer les traces du désir. Les autres se cachaient pour se masturber, moi je me cachais pour écrire. J'ai écrit l'histoire d'Orphée et d'Athéna sur fond d'un soulèvement. J'aimais ces deux noms. Je destinais ce texte à ma fiancée. Je ne cherchais pas à la revoir. J'avais peur de la rencontrer. Nos fiançailles avaient été annulées. Il m'arrivait de me trouver dans la rue face à face avec son père. Je baissais les yeux et continuais mon chemin. J'avais honte. Depuis ma libération je sus qu'elle entretenait des rapports ambigus avec un grand type venu d'ailleurs. Je ne voulais pas en savoir plus. Nous nous

102

sommes retrouvés un jour dans un salon de thé à Tanger.
Elle était belle et triste. Je lui ai montré mes poèmes.
Elle les regarda à peine. Nous nous sommes dit peu de
choses. C'était pénible. Elle m'en voulait beaucoup. Elle
se leva pour partir, puis s'arrêta un instant, écrivit sur
son agenda daté du 13 janvier 1968 une phrase, détacha
la page et la déposa sur la table : « Au lieu d'écrire, tu
devrais vivre... »

VII

« Et tu as choisi d'écrire ! » me dit D. à la terrasse d'un café, au port de Khania.

Il y a ceux qui écrivent de peur de devenir fous, d'autres parce qu'ils ne savent rien faire d'autre, parce qu'ils ne peuvent pas faire autrement, certains par devoir d'illusion ou de vanité, d'autres enfin pour narguer la mort et faire un enfant dans le dos du temps. Toi, tu écris pour ne plus avoir de visage. Ne plus apparaître. Dissoudre ton corps pour ne plus voiler tes mots. Devenir ces mots qui s'assemblent, se contredisent et se dispersent en une infinité de petites images ou en poignées de cendre en haut d'une falaise.

Les mots t'obsèdent. Tu dis qu'ils sont dangereux, qu'ils t'empêchent souvent de dormir, qu'ils deviennent des grains de sable dans ta tête, ce qui te procure d'affreuses migraines. Tu écris pour enjamber la vie, pour te mettre de l'autre côté (ne me demande pas lequel), pour te mettre à l'abri. Pure illusion ! Les mots sont un voile, un tissu fin, fragile, transparent. Tu souhaites, derrière ce drap tendu entre toi et le monde, qu'on ne trouve personne, en tout cas qu'on ne reconnaisse aucune figure. Une statue dont le visage serait raflé par le temps. Une statue qui va et vient dans le champ clos de tes images. Il suffirait de te pencher pour en ramasser quelques-unes, pour les agencer et les jeter à la face de ceux qui vivent sur l'autre rive. Ce voile, tu ne le veux pas miroir. C'est peut-être une vitre, car malgré tout, on te voit, on t'aperçoit, assis dans un coin, l'oreille tendue, la main posée sur ta joue. Tu regardes les choses se mouvoir, tu observes les gens qui vont et viennent, ceux qui collent à la pierre, ceux qui donnent leur corps à l'usure, ceux qui tirent un cheval invisible et content l'histoire d'Antar et d'Abla, une histoire inachevée, interminable, ceux qui nourrissent des hyènes qu'ils lâcheront sur une foule en colère, ceux qui cirent les bottes et vendent les cigarettes au détail, ceux qui s'isolent en haut du minaret en attendant l'aube pour se pencher jusqu'à chuter sur l'asphalte. Tu tends l'oreille pour entendre des cœurs battre, des poitrines suffoquer, une terre remuer, un cimetière se déplacer, la terre respirer, étouffer et rejeter des mains retenues par les pierres. Tu ramasses tes membres, tu les enfouis dans le sable, tu les immobilises en les enterrant. Seul ce visage que tu voulais absent émerge, telle une erreur. Il est au ras du sol. Il tourne sur lui-même. En te lisant, je t'ai rencontré, j'ai touché avec mes mains ta poitrine ; j'ai senti ton front chaud ; j'ai été inondée par une grande chaleur, celle qui précède la folie ou la mort. Tes mots se sont posés sur mon corps et certains me brûlèrent. J'aimais ce contact charnel et enivrant avec toi que je connaissais à peine. Je me demandais si tu avais vécu ce dont tu parlais. J'étais curieuse de le savoir. J'avais des doutes, car ta sérénité, ton calme m'inquiétaient.

Je n'ai écrit que des fables. Et les mots m'ont toujours paru pâles, indigents face aux émotions troublantes qui vont de l'extrême vie à l'extrême néant. Je t'ai vu. Je t'ai observé regardant la nature, par exemple. Tu ne réagis pas ou si peu. Tu restes indifférent. Il suffit que j'entende un ruisseau ou le bruit que fait le vent avec les arbres pour que mon corps tremble ; ces bruits, cette musique entrent en moi, traversent mes viscères et secouent mon corps en profondeur... C'est cela l'amour. De telles émotions, quand elles s'emparent de mon être entièrement, me font jouir. La nature entre en moi et j'entre en elle à perdre le souffle, à perdre la conscience. Toi tu regardes. Tu es un spectateur épris d'esthétique. Tu sais en parler, et c'est peut-être pour cela que tu n'as plus d'énergie pour la vivre, pour vivre. Plus je te lis, plus je te rencontre et plus tu t'éloignes. A la limite il aurait mieux valu ne pas te lire pour te rencontrer sans le voile des mots. Là, c'est compromis. Je fais un effort pour aller de l'un à l'autre, de celui qui écrit et m'émeut à celui qui m'approche et que je ne sens pas vraiment. Oh, je ne suis sûre de rien ! Juste après notre rencontre, je t'ai écrit une lettre. Je ne l'ai pas envoyée. J'avais des doutes, peut-être aussi des scrupules. Cette lettre, écrite dans ma cuisine à Athènes, je te la lis aujourd'hui :

« Il fait un jour léger. Il est six heures du matin. Je pense à toi. Que pourrais-je faire de plus grand, de plus juste, que de vivre comme il m'est possible de vivre, de sentir comme je me sens. Le jour où tu es venu dîner chez moi, j'ai noté ceci dans mon journal : j'aurais aimé porter ma plus belle robe ; mais elle n'était pas encore cousue. C'est vrai, elle n'est pas encore cousue, mais chaque moment de ma vie fait avancer son tissage. Cette robe aura toutes les couleurs, et comme ma vie tourne sans cesse — une danse qui ressemble beaucoup à celle des derviches tourneurs —, elle crée le blanc pour les yeux des étoiles, pour les yeux des poètes.

» J'ai une grande envie de te rencontrer un jour en portant cette robe. Pour cela, il n'y a qu'une façon : me laisser mener la vie que je porte en moi. Le rythme, la musique sur lesquels je danse, existent dans mon corps, dans mes pensées et mes actes. Parfois j'improvise et je suis étonnée. Mais, crois-moi, je tiens bien le rythme ou plutôt c'est le rythme qui me tient et me dicte les pas. Il y a comme cela des vies qui dictent les poèmes aux poètes. Car pour moi un poète pur est celui qui s'enrichit de sa propre existence, qui se remplit de la vie des autres qu'il exprime. Les poètes sont ceux qui font résonner et vibrer le chant de la vie comme une fleur ou une pierre fait résonner en elle l'existence du Grand Tout, de Dieu par exemple.

» J'aimerais qu'on puisse danser ensemble. Si c'est possible. L'amour, ton amour, est entré en moi. Je le sens. Il me fait improviser. Il me fait

107

danser d'une autre façon. Je le sais : j'ai une joie pure en moi. Je suis heureuse de t'avoir rencontré.

» Pour moi, le Maroc est un pays qui bouge tel un astre en train de s'enterrer dans le désert en couleurs blanc-marron-doré, et moi j'approche à pas légers. Je caresse ton regard si doux, si illuminé... à bientôt. »

Mais les mots...

Peut-être un voile, pas une excuse ou un refuge.

Mes premières phrases ont surgi d'une blessure. Avec maladresse et mélancolie. Des morceaux de poème se sont imprimés dans ma tête, sur mon front en ce jour de mars 1965 où des gamins, des hommes et des femmes sans travail, sont descendus dans les rues de Casablanca. Un soulèvement spontané, arrêté par la mitraille.

Je n'en pouvais plus d'être le dépôt de mots pleins de terre et de sang réfugiés comme des balles dans ma cage thoracique. A défaut d'avoir agi, il fallait dire, rapporter la clameur populaire.

J'ai essayé de témoigner sur ce que j'avais vu, entendu, senti en ces journées de mars où nous suivions, à partir de Rabat, l'état de fièvre qui régnait à Casablanca.

Peut-être que si je n'avais pas vécu ces journées de terreur et d'angoisse où se révélait à moi le visage banal, ordinaire, brutal de l'ordre et de l'injustice, peut-être que je n'aurais jamais écrit.

Car tout était vite revenu dans l'ordre. Les morts

étaient enterrés dans l'anonymat et le silence de cet ordre.

Alors me restaient les mots. De ceux qui raclent la page, ceux qui ont la puissance de déchirer un paysage masqué, d'être des égratignures sur un miroir où il y aurait des blancs, des vides, des ratés.

J'ai toujours eu, présente à l'esprit, l'image de ce miroir défectueux, inutile, à travers lequel transparaissent les mots ; l'écriture est pour moi cette cicatrice dans la limpidité de l'exigence.

J'écrivis *l'Aube des dalles,* mon premier texte, dans la fébrilité du corps oppressé. Je me sentais mal. J'avais peur d'avaler de travers en dormant et de suffoquer. J'avais un excès de salive qui noyait ma gorge. Je dormais la tête relevée. Il fallait sortir les mots, un par un. Le fait d'être reclus dans un camp, entouré de bruits assourdissants et inintelligibles de la brutalité, niant la poésie et l'émotion, pressait les mots de sortir écorchés. Nous étions là pour répudier l'émotion, pour nous en guérir. Je ne sais pas si j'écrivais parce que l'amour m'avait blessé ou parce que j'étais brisé dans le corps de ceux qui étaient tombés sous les balles.

Je me suis fait tout petit, installé derrière les mots. Je devenais négligeable, sacrifiant l'épaisseur du visage. Je mettais le narcissisme dans l'espoir d'une infinie humilité, dans l'abandon de soi, l'abandon de ma propre image. Le miroir usé, au lieu de me renvoyer mon image, me mettait face à la honte, ce sentiment qui fait que le visage se trahit, se découvre, se charge de cette couleur rouge qui monte telle une fièvre et qui rappelle le regard des autres.

Ne pas plaire, mais être à la hauteur de sa solitude,

109

digne de sa mort, pas la chute finale, mais cette mort fondamentale inscrite dans le temps par les syllabes qui composent le poème.

J'écrivais en silence. J'écrivais en secret. Je portais sur moi les bouts de papier sur lesquels je notais des phrases, des vers. Je les relisais dans les toilettes. A l'époque, j'eus la chance de tomber malade. Quelle aubaine ! Quitter le camp pour un lit d'hôpital ! Je souffrais de douleurs aux testicules et dans le bassin. Une hernie interne ? J'avais souvent mal. Douleurs imaginaires, réelles ? Je ne saurais le dire aujourd'hui. Je lus et écrivis beaucoup sur le lit dans une chambre entouré de mourants. Je lisais *Ulysse* de Joyce et regardais la mer.

Maigre et pâle, je me perdais dans un immense pyjama. Mes cheveux repoussaient, mais je savais qu'avant de rejoindre le camp, il fallait me raser le crâne de nouveau.

J'écrivais sur mes genoux, dans le lit. J'étais entouré de visages fatigués, au regard vitreux. Nous étions huit dans cette chambre. Nous nous parlions peu. J'essayais de deviner la vie de ces corps allongés. Ils étaient tristes et sans nostalgie. Ils avaient fait la guerre, en Italie, en Indochine... Ils se recueillaient dans de longs silences, courtois, résignés. Ils tournaient le dos à la mer et attendaient peut-être une visite. Personne ne venait.

Je fus réveillé un matin très tôt par une forte odeur. Mon voisin, un homme sans âge, avait les yeux et la bouche ouverts. J'observais attentivement sa poitrine. Il ne respirait plus. Je fus affolé. Pris de panique, je courus dans le couloir avertir les infirmiers. Il n'y avait personne. Tout le monde dormait. Je n'avais plus vu de mort depuis mon oncle. Je le regardais, inanimé, des touffes de cheveux éparpillées sur l'oreiller. Mort dans la nuit, à côté de moi, pendant que je rêvais, pendant que je souriais aux images échappées des ténèbres.

Je ne supportais ni l'hôpital ni l'idée de retourner au camp. On me rasa le crâne et tout reprit comme avant.

Je pris ainsi le parti d'écrire et de me cacher. J'avais creusé dans mon corps une trappe. Je la portais en moi, non comme une blessure, mais comme un refuge, à l'abri des éclats et éclaboussures des mots complices de la solitude et généreux avec la mort. « La Mort — la Mort dont je te parle, dit Genet — n'est pas celle qui suivra ta chute, mais celle qui précède ton apparition sur le fil. C'est avant de l'escalader que tu meurs. Celui qui dansera sera mort, décidé à toutes les beautés, capable de toutes. »

VIII

Tout y est scellé : les portes et les cœurs. Ville blanche, Tétouan est prise en tenaille par deux montagnes. Ville asthmatique, citadelle d'apparence, un corps hautain, se terrant au-delà du regard et des mains. Y pénétrer est une audace, une illusion. Même le vent quand il y arrive ne fait que tourner en rond. Les portes et visages se ferment, sans précipitation, sans violence. A l'heure de la sieste, à l'heure de l'amour, le vent renverse les chaises vides des cafés ; il bute contre les murs, contre le silence. Il hurle, tournoie puis s'en va : la ville le fatigue.

Tout autour des places circulaires, des cafés en terrasse, ou sur des balcons. On y vient pour planter des miroirs et s'inscrire dans le tumulte d'un réel précis et étroit. L'œil et la main moroses posés, tels des indices, sur l'événement. Présence vaine de corps enveloppés de honte et séparés, mutilés d'eux-mêmes, nerveux mais immobiles, en perte d'esthétique, désincarnés à force de vouloir durer et d'envier l'éternité muette et illusoire des pierres grises agencées sur fond bleu du ciel pour rassurer et étreindre. Les voix blanches qui circulent en suivant les guêpes agglutinées autour du thé à la menthe très sucré s'embrouillent dans une mécanique de reflet et heurtent les murs dorés d'une maison élevée sur des ruines aux portes et fenêtres verrouillées, et qui se déplace en s'effaçant sur la ligne lointaine d'un océan ou d'un désert.

Présence toute d'apparat : autant de jarres vides, inhabitées, solitaires, funestes.

La main, échappée aux ténèbres, se pose sur une autre main couverte de grains de sable très fin, retenant un léger dépôt de sel marin, se crispe et se retire. L'autre la retient et la porte à ses lèvres mouillées qui la baisent, la lèchent, la lavent et la laissent s'ouvrir comme un visage sur un autre visage.

C'est l'heure de la sieste, l'heure de l'amour, l'heure du vol ciselé, préparé, fixé par la mort, dans une place vide d'où la ville s'est retirée, où l'homme qui se penche pour ramasser la feuille large du figuier est un aveugle répandant la cruauté des larmes à l'intérieur des ténèbres qui l'enveloppent, le nourrissent et le bousculent jusqu'au soleil. Défait par leur puissance, il avance sans tâtonner, laissant traîner la main sur le mur, et s'arrêtant net devant le visage de l'amant endormi, la tête posée sur la table boiteuse à la terrasse d'un café abandonné.

C'est l'heure du silence et de la vengeance où l'amour est un adolescent, un voyou, corps impudique penché sur la mort, cerné par une masse de fumée épaisse, chaude et puante, un visage ébloui, lavé de l'inquiétude, donné à la main tremblante qui le tire vers la trappe où il séjournera, loin des mouches et des fourmis, où il se décomposera lentement, dans la métamorphose sublime jusqu'à la naissance inattendue et désinvolte, corps atteint cruellement par la grâce en cette ville qui s'absente et s'efface à mesure qu'on la traverse ou qu'on l'écrit.

Elle baisse ses paupières lourdes et détache ses bras que serre depuis un siècle un lierre planté là par inadvertance par un vieil officier de l'armée espagnole. La ville ferme ses yeux sur la nappe épaisse de fumée (vapeur), elle se détourne et se sépare lentement de ses légendes. Une à une, elles tombent. Tétouan vide la nuit de ses ombres et ramasse ses oripeaux avant l'aube. Elle se tait et descend doucement vers la mer. Une maison blanche avec des fenêtres peintes en bleu subsiste, telle une stèle, au seuil du sable. Ici ont vécu des amants maudits. Cette maison est leur cimetière. Ils s'étaient cachés là pour s'aimer et mourir.

C'est l'heure où les images se retirent et où les mots tombent et glissent entre les pierres. La ville nommée change de visage, de lumière et de couleur. La ville s'achève dans le récit du voyageur qui se retrouve seul, orphelin, sans mémoire, sans langue, absolument démuni, seul avec l'angoisse. Il nomme la ville, par défi ou par désespoir, et il attend. Comme par miracle elle se remplit de ses fous et mendiants, de ses femmes et de son soleil ; elle s'anime, ouvre le marché et les cafés, lève le rideau des boutiques, installe les vieilles paysannes dans la petite place, à l'entrée de la médina ; elles vendent des nappes brodées et des foulards, des couvertures en coton, des mouchoirs de lin.

Tétouan revient à ses pierres et s'installe pour quelque temps dans ses demeures, dans ses mosquées, dans ses terrasses. Elle ne boude plus la nuit, mais renvoie les mots au visage flétri du conteur qui s'est assis dans un

114

coin de la grande place et mange du pain rassis trempé dans de l'eau. Il ne parle plus. Il regarde.

J'ai connu à Tétouan l'ennui, le vide et les ténèbres. J'ai connu l'angoisse des nuits incommensurables peuplées d'ombres ramenées par le vent fou. Des nuits qui descendent, brutales, chargées de vapeur moite, et qui s'installent dans une chambre minuscule située sur la terrasse d'un vieil immeuble. J'habitais là ; je passais mes nuits à repousser de mes bras tendus la couche épaisse de l'étoffe nocturne qui m'enveloppait en me tenant éveillé, m'empêchant de respirer. Le matin j'étais soulagé mais tellement fatigué, épuisé par mes combats. J'enjambais la fenêtre et me mettais sur la terrasse pour respirer profondément. De là je voyais le sommet du mont Darsa. Noir, hautain, inaccessible. Je savais que la nuit venait de là.

Nommé pour enseigner la philosophie dans un petit lycée de la ville, je décidai de me consacrer entièrement à mes élèves. Ce fut une passion. Ils venaient pour la plupart du Rif ; des fils et filles de paysans pauvres. Avec leur volonté d'apprendre, leur acharnement à comprendre et à discuter, je ne me sentais plus isolé et la nuit me paraissait moins longue et surtout dévastée de ses ombres. J'étais plein de leur présence attentive : ils m'apprenaient le pays, mêlant le cours à leur vie. Il n'y avait à leurs yeux de philosophie que celle qui les aiderait à comprendre la réalité immédiate, la vie quotidienne. Ils se passionnèrent pour Socrate, Marx et Freud. Le premier les séduisait par la vérité qui illumine ses dialogues ; le second, le Marx du *Manifeste du parti communiste,* les intéressa parce qu'il leur parlait de quelque chose de familier, une condition et des situations qu'ils subissaient ; Freud leur ouvrit des fenêtres sur un univers dont ils n'osaient jamais parler, la sexualité. Durant le commentaire des *Cinq Psychanalyses,* les filles rougissaient, les garçons contenaient des rires nerveux. Un jour une élève décida de braver les tabous ; elle fit un exposé devant plusieurs classes du lycée sur la condition de la jeune fille marocaine en milieu traditionnel. Un petit scandale. Certains parents voyaient en moi un élément subversif semant le doute, encourageant la contestation, suscitant des débats et des remises en question dans une ville fermée, tranquille, paisible, connue pour son respect religieux des valeurs sûres et traditionnelles, une ville où rien ne devrait changer, ville de l'immuable, écran dressé devant des turpitudes vécues secrètement. J'étais devenu ami avec un collègue de lycée, un intime de cette ville, mais un marginal généreux. Il détestait Tétouan. Il la maudissait. Elle le lui rendait bien. Je l'accompagnais dans sa tournée des bars. Son rêve était de partir et de ne plus revenir. Partir en Chine ou dans les Antilles. Partir très loin et oublier définitivement cette ville.

Ma vie affective fut, tout ce temps-là, d'une pauvreté alarmante. Il m'arrivait de faire l'amour de temps en temps avec une jolie fille qui se disait étudiante libre, préparant un concours d'entrée à une école en Espagne. Je la croyais et en vérité je ne cherchais pas à savoir trop de choses sur elle. Elle me rendait visite l'après-midi, toujours gaie et même drôle. Elle aimait se déguiser et me surprendre au moment de la sieste. Un jour elle arriva enveloppée dans un immense haïk blanc, voilée, les yeux maquillés à outrance. Elle me demanda de l'aider à retirer son haïk. En tirant sur un bout, elle tournoya comme une poupée mécanique et m'apparut toute nue. Elle était debout, les pieds couverts par le tissu blanc, comme si elle émergeait d'une sculpture inachevée. Cette seule image — une statue d'amour — précipita mon désir. Comme un adolescent j'éjaculai dans mon pantalon en rougissant. Elle s'en rendit compte, étala le haïk par terre et se mit à plat ventre en jouant avec ses pieds en l'air. Ses mains arrachèrent mes vêtements et me caressèrent longuement. Elle se leva brusquement, remit à toute vitesse son haïk et partit pour être à la maison avant le retour de son père. Je suis resté étendu par terre, nu, méditant, croyant à moitié à ce qu'elle venait de me dire. J'appris plus tard qu'elle se prostituait avec des hommes riches.

J'avais à Tanger une vague relation avec une jeune professeur. Je vécus avec elle une énigme : durant le temps où nous nous voyions, il ne lui était pas arrivé une seule fois de prononcer un mot. Je parlais pour deux. Je posais les questions, je donnais les réponses. Elle hochait la tête et m'offrait ses lèvres épaisses et trem-blantes. Elle n'était pas muette, mais refusait de parler, en tout cas de me parler. Elle a essayé de m'expliquer dans une lettre les raisons de son mutisme. Je me souviens de cette lettre écrite au crayon, c'est-à-dire murmurée, une phrase à lire sur les lèvres, à ne pas entendre mais à deviner et qu'on pouvait effacer, gommer comme si elle n'avait jamais été dite :

De quelle parole à taire ma vie sera faite auprès de toi ? De quelle image ce que je vois en toi me fera ? Jusqu'au bout de mon être, le silence... Un berger court derrière un troupeau de brebis dans ma

117

poitrine, et la poussière soulevée me suffoque, mais la joie est sur ce cheval que tu ne vois pas, et mon visage est labouré par l'amour que tu ne soupçonnes point. Je suis figée, entourée de flammes hautes que je saisis à pleines mains et j'attends, heureuse, que de tes yeux descende la grâce qui me donnera la mort... Crois-moi ou pas c'est ainsi que j'aime, et ma voix est déjà enterrée dans le précipice d'une âme un peu plus grande que ce corps que tu étreins...

Ma deuxième année à Tétouan fut pénible. Je perdis mon enthousiasme et devins paresseux. La ville habitait mes nuits. Elle m'obsédait. Je la voyais comme une maison faite de murailles, de grottes et de caves, une maison où on aurait omis de percer des ouvertures, des portes et des fenêtres. Cependant quelque chose m'y retenait, peut-être l'angoisse et les défis de la nuit. Je me levais des fois au milieu du sommeil et, de la main, j'essayais de repousser la présence d'un intrus, une masse épaisse qui s'approchait pour se poser sur moi, m'envelopper et m'étouffer. Masse immatérielle agissant avec la même force que du plomb fondu en coulées noires qui enrobe le corps et ferme les bronches.

Les fêtes étaient rares. Comment se divertir et oublier cette pesanteur ? Je fus un jour invité à assister à un mariage. Peut-être pas une fête, mais une curiosité ; une rupture dans la monotonie.

Un homme modeste, effacé. Un collègue du lycée. J'ai oublié son nom et son visage. Ce n'est pas une question de bonne ou mauvaise mémoire. Il est des visages sans empreinte, voués à l'anonymat. Ils ne sont ni beaux ni laids mais traversés par l'absence. Je me souviens d'une silhouette frêle dans une gabardine grise, et d'un vieux cartable noir qui se fermait mal. Cet homme était discret et économe. Un homme soigné, ordonné. Il avait ses habitudes. Et comment y échapper ? Tétouan vous donne des habitudes. C'est une condition essentielle pour y vivre et dormir tranquille. En fait on a le choix entre les habitudes et l'angoisse. Lui, comme beaucoup d'autres, s'était plié à l'ordre et à la satisfaction des minuscules besoins. Il s'installait tous les jours à la même heure — entre cinq heures et demie et six heures de l'après-midi — à la terrasse du Café Nacional, commandait un grand verre de café au lait avec deux tartines. Il buvait et mangeait tout seul, fumait deux cigarettes qu'il sortait discrètement de sa poche (pas question de poser le paquet sur la table), lisait les journaux qu'il n'achetait pas mais louait aux vendeurs ambulants, échangeait les mêmes phrases évasives avec les mêmes personnes, puis rentrait chez lui. Habitait-il seul, avec ses parents ou dans une pension espagnole ? Personne ne le savait.

Un jour je trouvai dans mon casier un carton d'invitation pour son mariage. Il avait invité tous les collègues, y compris un vieil homosexuel, poète de circonstance et père de cinq enfants à qui il adressait rarement la parole.

J'étais intrigué et curieux. Comment cet homme exemplaire dans la discrétion et le silence, maître et esclave de ses habitudes, allait-il tout d'un coup rompre l'harmonie d'une mécanique parfaite et ouvrir sa maison et sa vie à une étrangère ? J'appris plus tard que l'épouse était une cousine, qu'ils s'étaient fiancés cinq années auparavant, et qu'elle vivait avec sa mère.

Avant de partir, je demandai à mon ami conseil pour

le cadeau à offrir. Il me dit que je n'avais pas à me casser la tête. Il suffirait de glisser deux ou trois billets de banque dans une enveloppe avec mon nom dessus. C'était la tradition en milieux modestes.

A l'entrée de la maison éclairée par des ampoules dessinant une étoile, le frère du marié nous reçut. D'une main il nous salua et de l'autre il s'empara de l'enveloppe tout en prononçant quelques formules de politesse du genre « Dieu vous le rendra » ou « Que Dieu vous assure le bien et la joie ».

Un petit orchestre de la région jouait sans grande conviction *Soleil du crépuscule,* un morceau classique de la musique andalouse. On nous offrit du thé et des gâteaux. C'était triste. On s'ennuyait vraiment. Certains bâillaient, d'autres faisaient des efforts pour ne pas s'endormir. Moi j'observais les moindres détails pour ne pas sombrer dans l'ennui. Mon ami faisait des remarques du genre « la femme du type qui vient d'arriver est très belle, mais elle est lesbienne ». Bien sûr il n'y avait là que des hommes. On soupçonnait la présence des femmes dans la maison voisine. Pour tout le monde c'était une corvée. Je voulus m'en aller, mon ami me retint : « Si tu pars avant le dîner cela voudra dire que tu te sens supérieur à ce pauvre malheureux. Il faut rester jusqu'au bout ! » Vers minuit le dîner fut servi. La nourriture était tiède. J'ai horreur de manger tiède. Les mains s'avancèrent dans un même geste et les doigts s'introduisirent dans les poulets. Comme boisson on nous servit des grands verres de Coca-Cola et de Fanta.

Vers une heure du matin il fallut aller chercher la mariée. Le frère se mit à organiser le cortège des voitures. La mienne — une vieille Simca 1000 — fut requise d'office. J'ai toujours détesté ce genre de plaisanterie. Je me trouvai dans ma voiture bourrée d'inconnus excités à l'idée d'aller chercher la femme de l'autre. Heureusement Tétouan est une petite ville. On en a vite fait le tour. Je me considérais en service commandé, suivant d'autres voitures, sans joie, sans aucun plaisir. Je regrettais d'être venu en voiture. La nuit était gâchée. L'heure de mon sommeil était passée. Je n'avais plus qu'à jouer le jeu et à crier avec les autres des formules rituelles. « Il l'a emmenée, je vous jure qu'il l'a emmenée et ne vous l'a pas laissée... » J'étais ridicule. Je hurlais. Je recherchais un peu de joie et ne trouvais que lassitude. Je fêtais le mariage d'un inconnu ou presque. Énervé, je faussai compagnie au cortège, déposai les occupants de ma voiture dans un carrefour, et rentrai dormir. Je ne fermai pas l'œil. Je me préparai un café et me mis à lire *Ulysse*. C'était le seul moyen d'oublier cette soirée sinistre et de voyager très loin.

J'étais décidé à quitter cette ville et oublier ses murs et coutumes.

Je demandai ma mutation. J'entamais ma troisième année dans un grand lycée de Casablanca. Il y eut plus de journées de grève que de cours. La police intervint une fois à l'intérieur de l'établissement, blessant des élèves et en arrêtant d'autres. Mon enthousiasme de jeune enseignant fut définitivement éteint.

IX

Mardi 8 juin 1982 : Cela fait trois jours que l'armée israélienne a envahi le Sud-Liban. Cela fait dix ans, huit mois et huit jours que je suis arrivé en France.

Le 11 septembre 1971, j'arrivais, dans l'après-midi, à Paris. Était-ce une ville, une île ou un corps ? Une image grise, traversée de temps en temps par un faisceau de lumière sublime. Je l'avais déjà rencontrée : la première fois pour voir des films ; la seconde pour oublier ma fiancée ; la troisième pour constater les ruines et séquelles de mai 68. Là, je venais avec mes bagages pour poursuivre des études et écrire.

Figure hautaine qui me fit don d'une longue nuit engendrant des rêves de mon pays ; elle me donna un miroir légèrement éteint où subsistaient encore les traces de vies éphémères ; je devais le déchiffrer, me souvenir et écrire. Comme la paresse, comme le jour oublié de la lumière, comme la muraille fissurée, comme la mort et la lune, j'étais disponible.

Vendredi 11 juin 1982 : Dérisoire l'écriture.

Israël assiège Beyrouth et bombarde Libanais et

122

Palestiniens. En France je me sens terriblement étranger. Il ne s'agit pas d'un état d'âme mais d'une réalité froide. Le dégoût supporte mal les mots.

Ainsi ce corps, le Liban, n'a que des trous pleins de cendre et de sable pour nous voir, dévisager nos nuits d'insomnie et descendre dans nos vies comme l'arbre terrassé par une lumière trop forte. Ainsi ce corps que tant de mains ont ouvert nous parvient aujourd'hui lavé de ses cicatrices pour accueillir la mort, cette vieille compagne des jours brefs, et nos mains nous devancent pour toucher des doigts les images aveugles et méconnaissables. Ainsi ce corps n'est plus une demeure, pas même une terre d'exil : une échancrure dans la nuque et le silence.

S'élever au courage de ceux, désignés par la mort, en ces jours obscurs, où tant de consciences s'absentent. Je voudrais dire à ceux qui, aujourd'hui, mesurent les mots et pèsent le silence, ceux des indignations sélectives, au moment où d'autres frappent de leurs pieds la terre pour ne pas mourir, je voudrais rappeler que la France c'est aussi ces regards détournés, ces yeux ouverts mais farouchement non concernés, cette dignité commerçante persuadée que la vie d'un Arabe vaut moins que celle d'un Israélien.

Dérisoire l'écriture en ces jours sans lumière où l'Arabe, en France ou ailleurs, est celui qui porte en lui, contenue, la colère, celle d'assister impuissant à l'humiliation de cette identité et au massacre des populations libanaise et palestinienne. La colère et la honte. Les États arabes ne font rien ; ils attendent la fin du « nettoyage » du Liban et des camps palestiniens. Ils ne savent se battre que contre leurs propres citoyens, ou entre eux. Ils ne remportent des victoires que contre des populations civiles dont les seules armes sont le désespoir et les pierres. Ils ont ainsi ouvert la route de Beyrouth à l'armée israélienne.

On se surprend alors à exiger de la France de ressembler à une image qu'on a composée dans l'euphorie et l'illusion. On demande à la France de condamner, de prendre des sanctions, et pourquoi pas de se battre pour les autres. C'est de la naïveté ou de l'abus de confiance. On voudrait la retrouver dans les faits : un peu moins calculatrice, plus généreuse, tournée un peu plus vers les autres. Cette France-là nous manque. Et de quel droit, au nom de quoi, devrions-nous réclamer de la France un autre visage ? Parce que nous parlons et écrivons sa langue — avec laquelle nous entretenons des rapports souvent conflictuels ? Parce que nous avons séjourné dans son histoire récente et que nous avons pris goût aux principes démocratiques ? Parce que dans le monde arabe on se bat pour voir un jour, appliqués, ces mêmes principes et qu'on désespère d'y arriver ?

Je suis arrivé donc à Paris l'après-midi du 11 septembre 1971. Les premiers temps je ne remarquais pas la lumière du ciel. Je regardais les murs et les visages. Les uns étaient gris, les autres moroses et fermés, accaparés par une sorte de tension entre l'absence et l'oubli. Je cherchais sur ces images les traces du temps, les signes extrêmes du mystère. Il ne se révélait à ma quête naïve que lassitude, usure, indifférence. La durée intérieure, la largesse du temps manquaient à ce paysage. Manquait aussi la gratuité du geste, le don, la passion, la recherche de la passion, l'arrêt dans le temps pour regarder l'autre, l'étranger, peut-être lui parler ou simplement le reconnaître, le désir de l'entendre, écouter le vent des sables dans sa tête, le bouillonnement des terres chaudes, les cris des gamins qui jouent au ballon avec un chiffon dans un terrain vague.

Je découvrais lentement que les habitants de Paris avaient un problème avec le temps, c'est-à-dire avec l'argent, en tout cas avec eux-mêmes. La générosité, une forme de disponibilité, paraissait condamnée, éloignée, irréalisable. Cela me choquait.

Cette même ville était traversée par des corps de nostalgie, perdus dans la foule. Ils se distinguaient par leurs vêtements gris ou sombres et la manière de les porter ; ils se couvraient de ces habits pour disparaître, pour s'oublier dans la cohue. Il y avait aussi leur démarche : des pas hésitants, des allures d'excuse. Sur la pointe des pieds. Ils se savaient indésirables. Ils étaient obsédés par la peur, la peur de réveiller la colère ou la haine. Obsédés d'être en règle. Travailler. Économiser. Envoyer l'argent au pays. Se taire.

Qui a vidé ces regards de leur fierté et de leur soleil ? Qui a réussi à les rendre transparents, l'humiliation avalée, intériorisée ?

Je retrouvais ces visages tous les dimanches dans une salle de la bourse du travail à Gennevilliers. Nous étions quelques-uns à leur apprendre à lire et à écrire. Assis sur des bancs, serrés les uns contre les autres, ils nous regardaient plus qu'ils ne nous écoutaient. Certains, au lieu d'apporter leur cahier d'écriture, venaient munis de paquets de paperasses, cherchant une aide concrète dans des problèmes immédiats auxquels ils ne comprenaient rien. D'autres s'absentaient, occupant leur jour de repos à faire le ménage et la lessive, ou simplement récupéraient le sommeil manquant. Nos rapports étaient empreints de malaise. Nous ne l'avouions pas. Se rendre utile ; payer une dette ; avoir bonne conscience ; en tout cas agir, faire quelque chose. Cette réalité brutale n'était jamais discutée ou commentée. Le malaise engendrait à la longue une sorte de crise. Une crise de confiance : que peut apporter un étudiant petit-bourgeois à un prolétaire déraciné, incompris, maintenu dans l'ignorance et l'exploitation, objet de racisme quotidien, oublié de son pays, corps interchangeable aux prises avec une survie difficile ?

Je me posais ces questions et me taisais. A la fin des cours, certains étudiants venaient leur vendre le journal d'un parti politique. C'était grotesque. Ce qu'on faisait pour eux me paraissait dérisoire. Ne rien faire, c'était aussi absurde. Je me mis à m'informer. Je leur rendais visite. J'accompagnais dans sa tournée un employé de la banque Chaabi du Maroc qui devait les convaincre d'ouvrir un compte bancaire. J'observais. Je n'approuvais pas toujours le discours du jeune cadre. Je les découvrais dans l'intimité d'une grande misère et je compris qu'une des façons de les aider, c'était de témoigner sur cette condition d'extrême dénuement, de la faire connaître à ceux qui ne la soupçonnaient pas ou qui ne désiraient pas savoir.

Paris c'était d'abord cette grisaille sur ces visages ficelés, dans ces corps usés, dans ces regards de détresse. Au Maroc, je n'étais pas au courant. Les émigrés étaient loin. On n'en parlait jamais. On les voyait débarquer l'été dans de grosses voitures surchargées. Certains les enviaient. Personne ne les plaignait. Eux-mêmes fai-

126

saient le silence sur la réalité de leurs conditions de vie et de travail. Ils n'évoquaient que les bons côtés. Ils s'inventaient un rêve, des souvenirs illuminés et radieux. L'image ainsi embellie devait les préserver d'un destin de malheur. C'était cela leur résistance.

La solitude — l'isolement physique — me terrorisait. Disponible, impatient et même indifférent, j'accumulais les rencontres tout en évitant de me trouver face à moi-même. Je me donnais si peu et je me perdais si mal : l'important c'était de me retrouver toujours sur mes pieds. J'avais besoin de ces corps de femmes pour traverser la nuit. J'ai mis du temps pour analyser et comprendre cette angoisse : ces corps que je séduisais avec démagogie, je voulais les entendre vivre et jouir sous mes caresses ; je les désirais heureux et épanouis. Je ne devais rien à personne et me considérais en état de revanche ou de légitime défense : j'avais trop de désir enfoui dans le temps, refoulé au fond de ma vie, trop d'images insatisfaites. Ma prétention, peut-être mon cynisme, était de vivre ces corps en quantité pour me débarrasser du sentiment de manque et d'absence.

J'ai aimé toutes ces femmes, sans exception. Je les ai aimées peut-être une nuit ou plus. Mal aimées. Je fus souvent ému par le seul fait de leur présence. Au désir, à cet amour bref, s'ajoutait la mélancolie. Je me retrouvais certes indemne mais seul, encombré de cet égoïsme qui donne d'affreux maux de tête. Je pensais à un sentiment d'infirmité, à l'incapacité d'aimer. Mes blessures anté-rieures s'ouvraient de nouveau. J'étais menacé par une forme particulière d'oubli, une amnésie sélective : mon regard croisa un jour celui d'une jeune fille dans le métro. Je la trouvais jolie. Je regardais son profil et je fus saisi d'un trouble. Je la connaissais. Je l'avais déjà rencontrée. J'ai oublié son nom. Je me surpris à me poser la question : ai-je fait l'amour avec elle ? Je n'osai trop remonter dans le temps. Le fait même de se demander une telle chose, ne serait-ce qu'une seconde, était monstrueux. Je descendis à la station d'après, amer, triste et en colère. J'avais la nausée. C'était cela le dégoût de soi.

Depuis cette épreuve, je crois à l'histoire du double : ainsi je serais habité par quelqu'un d'autre — pas forcément sympathique — dont j'aurais les gestes et pas la mémoire, quelqu'un qui se serait glissé en moi à mon insu et qui vivrait un peu de sa vie et un peu de la mienne. Plein de cette présence qui me trahit, je pris l'habitude de vider les lieux et de le laisser maître de cette demeure. Dans cette histoire ce serait moi qui écris et lui qui oublie. Il aurait l'amnésie des livres et moi les gestes de l'écrivain.

Il m'arrive souvent de ne pas reconnaître mes textes. C'est peut-être pour cela que je n'ai jamais réussi à apprendre par cœur un de mes poèmes. Non seulement je ne m'en souviens jamais, mais quand je dois les lire, je les massacre. Je les lis comme si je les découvrais pour la première fois. Je lis mal car j'essaie de chasser dans ma voix les chuchotements de l'intrus qui rit en moi. Je lis mal parce que je suis ailleurs, occupé par des pensées futiles.

La fois où je fis un effort pour être là et lire avec mes émotions premières, je fus chahuté, non par le public, mais par un vieillard qui se produisait peut-être pour la dernière fois en scène et contrôlait mal ses rhumatismes. Cet homme c'était Louis Aragon ! Il chahutait mais ne le savait pas. On le pria de se taire. Aidé par ses amis, il quitta la salle. Cela s'est passé en décembre 1981 à la maison de la culture d'Aulnay-sous-Bois. Généralement l'intrus est installé en moi. Cette fois-ci, il était derrière moi. C'était le siècle qui bougeait, victime d'une surdité inconvenante...

J'avoue que le double m'aide beaucoup ; il me sauve la face. En fait je suis un homme convenable. J'évacue dans l'écriture mes fantaisies et ma folie. Je mets tout ce que je peux dans les mots et crois sauver ma peau. Je tiens à cette propreté. Je cache mon visage et j'avance, telle une statue aveugle, guidée par l'autre. Cela m'amuse et m'angoisse à la fois. Je manque à la poésie dans la vie quotidienne. Je manque de folie. Je garde l'allure du petit professeur de philo, sans excès, juste ce qu'il faut pour passer inaperçu. Des fois, l'envie de paraître, d'être du spectacle me prend. Je me laisse tenter. Je me laisse aller. Par vanité. Par faiblesse.

X

Je ne tiens pas en place. Je suis même fatigué de courir et d'enjamber les terrasses d'enfance. Je rêve de quitter l'homme pressé et de me retirer près d'une source, sur le flanc d'une montagne et inventer sa vie. Mais je crains qu'une fois sur place je perde de vue les raisons de ce rêve et m'ennuie beaucoup. Je continue donc de me déplacer et m'enquérir partout où je vais de l'état des racines.

Homme impatient, amant pressé, je faisais l'amour en courant, dans une fuite perpétuelle. Dans cette traversée, il m'arrive encore d'élire un visage et de me souvenir de l'émotion qu'il m'avait donnée. Je pense encore à cette fille de dix-sept ans, née de rien et qui avait déjà vécu. Son destin m'avait intrigué ; il était chargé de quelque chose de tragique. Je ne fus point surpris lorsqu'un jour, après sept ans de silence, elle m'appela de son lit d'hôpital pour m'annoncer, sur un ton presque banal, qu'elle se faisait opérer pour un cancer. Le temps avait passé mais je retrouvais intactes mes émotions. Cette fille qui rêvait d'être « quelque chose qui fait de la musique » habitait encore un coin de souvenir. Je lui envoyai un grand bouquet de roses et

130

n'osai penser à la mort. Je fus amoureux d'elle de manière intense mais brève ; elle me fut retirée comme une liberté, par une brute qui l'enferma plus tard dans un appartement au Maroc, décidé au nom d'une passion malsaine à tuer en elle ce qui faisait d'elle un astre fragile. Sa vie fut traversée par ce long labyrinthe de ténèbre ; et moi, par manque de courage ou d'amour, je ne me suis point battu pour elle. Cela me faisait mal et j'écrivis à l'époque, comme pour me délivrer d'un spectre, un petit texte bien mièvre sur le « désamour ».

Ainsi je laissais les choses arriver jusqu'à moi, et quand elles me quittaient je ne faisais rien pour les retenir et les ramener à ma vie. Mes relations ont rarement pris de l'ampleur. Je ne me mets jamais en péril. Me préserver, enlacer la fragilité que je voulais légendaire, éviter la violence, la mise à nu. J'avais souvent le comportement de l'écorché vif, mais je n'étais pas de cette catégorie d'êtres que la vie a profondément meurtris. J'étais un homme paisible, obsédé par la sérénité et la recherche de l'harmonie. Je fis bien des rencontres inutiles ou ratées à cause de cette angoisse qui me faisait aller d'un corps à un autre. J'ai aimé la violence et la spontanéité de cette autre femme qui dessinait mes rêves sur des planches avec des couleurs vives. Elle se réfugiait dans ma solitude pour se reposer d'un amant brutal et échapper à un mari cynique. Elle me quitta un jour parce que je commençais à ressembler à l'un ou à l'autre. Je n'étais plus un refuge, un moment de liberté, et mes rêves ne l'intéressaient plus. Je l'ai aimée, sans passion, avec mes émotions timorées, rappelées à l'ordre par mon corps qui réclamait déjà d'autres regards. J'ai souffert de cette rupture brutale. Un échec qui aurait pu me donner à réfléchir, mais je dissimulai la situation et il aura fallu deux années de vagabondage et de complaisance pour m'arrêter devant un visage qui allait être ma nouvelle patrie.

La guerre s'était installée au Liban faisant de l'amour une promesse secondaire, une page froissée dans une vie qui nous échappait. Ce pays où je n'étais jamais allé m'envahissait ; il m'emplissait de ses déchirures et de son mystère et détraquait mes mots. Il m'offrait des souvenirs, des instantanés brûlés, des images familières, des odeurs mélangées, des parfums de toutes les saisons. Je portais en moi un pays en état de démolition et mes phrases étaient ravalées les unes après les autres. Le silence et la honte. Ce pays était venu à moi comme une lame d'écume. J'avais les yeux ouverts et je ne voyais que des visages déchirés. Je recherchais le bleu de la mer dans les livres et je ne trouvais que des pans de maisons en ruine. Je ne savais plus où était ma patrie ni comment reconstituer ce visage qui m'avait illuminé juste avant la guerre. J'allais de maison en maison avec ma passion recluse, attendant la fin du cataclysme.

Beyrouth était ainsi élue par une guerre apparemment civile ! Que d'États arabes ont pu ainsi se faire une petite guerre sur ce morceau de terre bien fragile ! Il y avait là un paysage fait de doute, d'incertitude, d'audace et de libéralité qui échappait ou narguait la rigidité des systèmes balbutiants mais déjà baveux des voisins et « frères » arabes.

Et Mahmoud Darwich, le poète qui habite une valise, pas même une malle, cherche une patrie pour élever des moineaux, envoyer des lettres d'amour, avec sur le dos de l'enveloppe l'adresse en cas de retour. Il est l'éternel être du lointain, celui qui ne fait que passer ; il traverse des plaines étrangères, marche dans des rues qu'il dessine, il en trace les lignes, les courbes et les pentes au fur et à mesure qu'il avance. Quand il décide de s'arrêter, il dessine un banc de pierre, y dépose sa valise, met sa tête dessus et dort. Il dort et rêve, la tête légère, le corps léger, le sommeil léger ; il se tient prêt à repartir, son chemin est infini, il en est le maître d'œuvre, l'archéologue et l'arpenteur.

Debout sur les lignes de feu, il a brûlé ses vaisseaux. Avec son peuple, il réveille la terre et rappelle que « de notre sang à notre sang, il y a la terre et ses frontières ».

Le Liban continuait de saigner. Des amis de passage me disaient avec humour, sur un ton banal, comment la mort n'était plus cette chose terrible, comment la vie quotidienne cohabitait naturellement avec les destructions et les massacres. Je commençais à perdre mes souvenirs dus à ce pays. J'en parlais comme si j'y avais vécu. Je profitais de tout ce désordre pour l'envahir à ma manière et y déposer mes racines. Un pays qui échappe aux mots. Je ne sais pas, aujourd'hui encore, si ce sont les détails ou l'essentiel qui ont manqué au portrait que je faisais dans ma tête de cette terre qui me fascinait par sa fureur et ses excès. Le Liban est de ces pays qui ne s'écrivent pas, qui résistent plus à une définition qu'à une blessure.

De Beyrouth démolie, j'ai une vue aérienne : des maisons trouées, des immeubles inachevés, des collines dépeuplées, des rues abandonnées, d'autres encombrées, et toujours la mer qui scintille. Je l'ai vue ainsi, d'un avion qui la survolait lentement comme pour la montrer dans sa nudité à un groupe de voyageurs indifférents. Et la vie, c'est-à-dire la respiration de la terre, continue, même imbibée de sang et d'eau noirâtre. Le jour s'achemine avec douceur sur ces collines d'où part le feu. Le jour passe pendant que des éclats de lumière aveuglante déchirent le ciel. Beyrouth se déplace d'un corps meurtri à une mémoire aveugle.

Et tout se confondit en moi : l'amour, la guerre, la colère, le jour, le désespoir et une grande envie d'échanger la rage avec un morceau de rêve.

Beyrouth s'installa ainsi, à mon insu, sur les terrasses de Fès, dans les rues de Tanger, sur les collines de la vieille montagne. Tout se mêlait avec les parfaites concordances du hasard : une terre et ses occupants, des cimetières et des oliviers, le bleu de la mer et les fosses communes de la mort, le regard d'une petite fille dégagée des décombres et l'appel au secours d'une main crispée sur une poignée de terre, un homme torse nu remontant la côte qui mène vers la Casbah de Tanger injurie le père, la mère, Dieu, le soleil et les prophètes. On dit qu'il est fou, personne ne l'approche, on le regarde et on attend que la police vienne le ramasser, il sera interrogé, jugé et mis dans l'asile d'aliénés de Beni

Makada, on n'insulte pas impunément les valeurs
sacrées du pays, il s'arrête, provoque un passant paisible, lui crache à la figure, et continue son chemin, cet
homme est jeune, atteint de lucidité, de celle qui tue,
quand le désespoir se mue en colère active soulevant les
pierres de la haine, on avance le corps abandonné aux
mille blessures, seule la voix hurle, et cet homme qui
traverse la ville ne réclame plus la justice ou l'amour,
mais simplement la mort brutale, d'un geste décisif,
tranchant, recouvrant les yeux d'un manteau de sable,
une grosse pierre posée sur le ventre, ce corps va dans
Tanger, une rumeur, une faille, une brisure dans cet été
paisible, un vieux couple de retraités est installé à la
terrasse du Grand Café de Paris, ils sont étrangers, ils
regardent la ville se mouvoir doucement, lisent le
journal, s'arrêtent et observent l'homme en colère
menaçant de son poing fermé le ciel, ils ne comprennent
pas ce qu'il dit, il ne dit pas mais hurle, ils entendent le
mot « passeport » revenir souvent, ah, il veut partir à
l'étranger, mais, c'est un fou, le garçon de café leur
explique que cette image est une honte, une exception
dans le paysage serein de Tanger, il salit le visage du
Maroc, ne faites pas attention, il délire, cette fois-ci c'est
une femme qui s'arrête devant le café, elle ne crie pas
mais demande nerveusement des cigarettes, le garçon la
console et essaie de l'éloigner du café, elle proteste et lui
dit qu'elle a fait le trottoir avec sa mère, le garçon pose
son plateau et la frappe, personne ne bouge, personne
ne s'émeut, le couple de retraités demande l'addition,
Tanger n'est plus une ville paisible, un gamin traîne sa
boîte de cirage et insiste pour faire briller les mocassins
du vieux, le garçon revient, dure journée pour tout le

monde. Du boulevard Pasteur on voit le port. Tout est calme. Un bateau entre, un autre s'éloigne. Des hauteurs d'Achakar, Tanger ressemble à Beyrouth : blanche, ramassée, entourée du bleu de la mer. Mais Beyrouth ne ressemble à rien. La guerre l'a défigurée. Plus envie de regarder la mer ni de rêver à l'amour. Beyrouth, un souvenir défait dans la glu d'un crépuscule descendu trop tôt, brutalement, sur une plaine en décomposition.

Au-delà des ruines et des visages meurtris, monte la rumeur d'un orgueil démesuré : c'est le corps d'un être qui tremble ; il a vu sa peau s'écorcher, muer et s'amasser comme une robe épaisse à ses pieds. Une robe faite de mots scintillants et de phrases incisives. Comment un livre a-t-il pu le déshabiller, le dénuder au point que ses mains ne savent plus quoi cacher de ce corps laissé à lui-même, debout sur une colline de cendre ? Donné au vent, il résiste. De temps en temps, il se penche. Est-ce la guerre qui l'a défiguré ou est-ce l'acharnement des mots et des voix ?

Lorsqu'il se retrouve loin de ses passions, il sait au fond que l'orgueil qui le mine lui retire peu à peu les visages proches et familiers, les visages non de l'amour mais de l'espoir. Il s'est laissé engluer dans la tragédie du pays perdu. Ramassé sur lui-même, il ne vibre plus. Il est là, attentif aux bruits : l'explosion d'une bombe dans une rue de Beyrouth ; l'éclat de rire mêlé de sanglots d'une voix anonyme ; une voiture qui s'arrête brusquement ; le téléphone qui sonne ; le ciel qui descend par cascades ;

un ami qui se tait ; un autre qui s'agite ; les murs qui avancent. C'est cela sa survie. Il est habité. Son corps est sa seule demeure. L'amour qui s'en approche bute contre une vitre. La guerre ne l'a point quitté.

XI

Matar

Quelle trappe d'azur
s'est ouverte pour l'apparition de la foudre
à la fin du lointain pèlerinage
Mecque de chair bruissante
minaret d'os pour les cris du sang frais.

Michel Leiris

Mes pieds sont fêlés, mes mains se sont endurcies, et ma tête que je pose sur mes genoux relevés est lourde. Je suis assis sur un matelas d'éponge très mince. Mes fesses sentent le sol dur et froid. La chambre est minuscule, mais j'aime ses murs propres, blanchis récemment avec de la chaux. Par terre une petite natte, un tabouret, une théière et un verre. Trois mouches tournent autour. Elles ne m'approchent pas. Même si elles venaient à se poser sur moi je ne les sentirais certainement pas. Mon corps est tellement fatigué qu'il s'est assoupi, il s'est recroquevillé, essayant de se reprendre ou de se ramasser. Il vient de loin. J'ai dû marcher des jours et des nuits. J'ai traversé des champs, des routes, des villes et des pays. A pied. Je me souviens qu'une fois on m'a porté. L'image d'une source d'eau. Des mains jointes

138

essaient de se remplir d'un peu d'eau. Les pieds trépignent. Le sable est brûlant. Des visages fermés transpirent. Le souvenir d'une soif terrible. J'avance un gobelet. Je reçois un coup de bâton.

Sur le tabouret, la théière et le verre avec un peu de thé au fond. Une mouche est tombée dedans. Je la regarde nager. Elle essaie de grimper. Elle tombe. Le mur d'en face est d'une blancheur qui m'inonde et m'éblouit. Je n'arrive pas à le fixer plus de quelques minutes. La chambre est fraîche. C'est l'aube. Le soleil est encore loin. Assis je regarde les murs et j'attends. Je n'attends rien de précis. J'attends tout simplement. Je m'exerce à vivre l'attente où il n'y a rien au bout, l'attente qui n'a même pas de bout. Je déciderai quand ce sera la fin. Ma main glisse sur le mur rugueux. J'ai plaisir à laisser traîner ma main sur la chaux du mur.

Mon corps nu est enveloppé dans un drap blanc sans coutures. Des sandales en cuir, sans coutures aussi, sont posées près de la porte. La plante des pieds s'y est imprimée. Le cuir s'est noirci. Je regarde la natte. Elle est en piteux état. Natte de prière. Natte sur laquelle on pose le mort. Son contour est indéfini. Elle s'effiloche. Je passe ma main tiède sur mon visage. Ma barbe a déjà une semaine. Je me sens sale. Je me gratte le cou, là où les poils sont rebelles.

Je suis assis depuis une nuit, peut-être plus, une saison. J'écoute mes os, mon sang, mon pouls, mon cœur. Tout est silencieux. Ou plutôt je sens que je m'approche du silence. Lentement, j'avance sur une terre nue, une immense dalle de marbre blanc. Le silence est cette blancheur intense qui se fait lumière au contact du sable, une blancheur qui brûle quand on

139

l'atteint, une lumière descendue du ciel, échappée de la mer, ou sortie de la forêt.

Je suis assis, ramassé sur moi-même, regardant au fond de moi comme si j'étais au-dessus d'un puits. Ce que je vois n'est plus mon visage, pas même l'image que je m'en fais, mais un cercle qui se multiplie à l'infini. Le centre doit être un œil, une lettre de l'alphabet arabe, un chiffre ou simplement un point. Je suis indifférent ou plutôt sourd à ce qui peut arriver en dehors de cette chambre. Je me sens à l'aise dans cette absence où mon corps lentement se fait léger. Je me sens libre, en état de devenir un flâneur aux confins d'une figure, un visage, une parole. Je me sens parfaitement accordé à cet état d'intense absence à laquelle j'aspire depuis l'enfance. Je suis un animal qui avance le corps penché vers la terre. Personne ne me voit, ni ne m'entend. La chambre s'agrandit, illuminée soudain par un rayon de soleil qui annonce non pas le jour mais le retour des pèlerins. Je me tiens contre le mur, face à la mer, lointaine, inhabitée, une vague se dérobe. Est-ce la mer qui se vide et se verse dans le temps, ou est-ce le vent qui me dénude en arrachant mon drap blanc ? Est-ce la chambre qui s'est déplacée ou moi qui n'ai pas su attendre. Toute la nuit, toute une saison, emplie de la passion d'attendre. Je suis à Médine pour les quarante prières. Je suis au siècle ancien de la naissance, figé dans cet espace blanc gardé intact depuis qu'il fut foulé par l'argile du verbe. Des lignes furent tracées par une parole devenue légende. Dois-je les suivre ou attendre la nuit pour que s'ouvre le manuscrit de l'Épreuve ? Je suis à la frontière du crépuscule dit par cette voix intérieure, gardée précieusement dans la cage thoracique de l'être qui a renoncé aux rêves.

Je creuse dans la colline un trou — tranchée ou tombe — d'où je suivrai le déplacement des pèlerins. J'attendrai leur sommeil ou leur anéantissement pour descendre dans Médine déserte m'asseoir sur la petite dalle et toucher du bout des doigts le tombeau du Prophète. Je serai seul et serein, au-delà de l'émotion. Je ne dirai rien, car il n'y a rien à dire. Ainsi le dernier des Prophètes est venu mourir là, un jour de grand silence.

Ils se sont levés au milieu de la nuit, impatients de commencer la première des cinq prières du jour, la première des quarante prières de la visite. Ils sont tous partis, enroulés dans leur drap blanc, le visage tendu par l'attente précise. D'un œil à peine ouvert je les ai vus partir, psalmodiant quelques versets. Un pied lourd me donna un coup pour me réveiller. Une voix me cria « Lève-toi Hadj ! Dans moins de deux heures tu feras la plus belle des prières, la prière du jour, la première des quarante ! Lève-toi si tu es un bon musulman ! » Le sommeil devait l'emporter sur la foi. Même pas cela. Je voulais être seul et vider cette chambre où valises et matelas d'éponge s'étaient entassés, où l'odeur moite du sommeil des autres occupants m'empêchait justement de dormir et de respirer normalement. Être seul dans un espace nettoyé, propre, blanc, nu. J'avais devant moi quelques heures pour organiser cet espace. Je fermai les yeux et posai ma tête sur mes genoux. D'un geste de la main, je repoussai la foule ; je l'éloignai de mon espace ; je la tenais ainsi à distance pour pouvoir respirer profondément et entendre le silence enveloppant par étapes la chambre. Je voulais cet espace nu et blanc. Il se

141

vida. Plus de bagages encombrants, plus de sacs de nourriture dégageant une odeur suffocante, plus de matelas puant la sueur retenue, plus de chaussures usées et sales en pile dans un coin, plus de marmites pleines de graisse et de mie de pain, plus de chapelets en plastique phosphorescent accrochés aux murs, et surtout plus de corps gras mal lavés, ronflant quand ils dorment, pétant en toute tranquillité, serrés les uns contre les autres, s'emboîtant comme des objets entassés dans une caisse étroite, plus de regards suspicieux, plus de sous-entendus dans la parole, plus de fraternité imposée pour la circonstance. La chambre devint un havre exceptionnel de silence. J'étais heureux d'avoir réussi ce petit miracle : entrer en état de sacralisation dans un espace lavé et débarrassé.

J'entends encore la voix rauque : « Lève-toi si tu es un bon musulman ! » Suis-je à la hauteur ? Suis-je digne d'une telle épreuve ? Quand j'étais enfant, mes parents m'obligeaient à faire la prière. Je la faisais par crainte des châtiments exposés en détail dans le Coran, réservés à l'infidèle, au mauvais musulman : enfer éternel, géhenne sans fin, prières rendues sur plaque métallique rougie par le feu... Je priais sans grande conviction. Un jour mon père me dit : « Prier c'est être devant Dieu, et si tu n'es pas sincère, il vaut mieux ne pas te présenter du tout ! » Ces paroles me libérèrent. Ma mère me dit : « Toute brebis n'est suspendue que par sa propre patte ! » C'est cela : nous sommes seuls devant Dieu le jour du Jugement dernier. L'histoire de la brebis accrochée à un clou m'obsédait. Je me voyais, la peau écorchée, suspendu à un étalage de boucher, la tête en bas, les testicules bien en évidence, attendant un éventuel acquéreur qui me dévorerait ; le vent viendrait me reconstituer et souffler sur les flammes avant qu'une main anonyme ne me jette sur la braise. Je brûlerais à l'infini jusqu'au moment improbable où le Prophète Mohammed intercéderait en ma faveur ; mais pourquoi son doigt s'arrêterait-il dans ma direction, être négligeable parmi des milliards d'êtres, même si le musulman avait la priorité sur le non-musulman...

Ces images me poursuivaient jusque dans mon sommeil. Une nuit je fis un de ces rêves étranges qui ont des prolongements assez longs et ambigus en dehors de la nuit : nous étions encore à Fès et je devais avoir neuf ans. J'étais mort et j'assistais, assis sur la branche principale du citronnier qui était dans un coin de la cour, j'assistais donc à mes funérailles. J'étais serein, calme et en bonne santé. Je regardais toute ma famille accablée. Il faisait très beau ce jour-là. Deux hommes — les fameux laveurs au visage pâle — me déposèrent au milieu de la cour sur une natte en paille tressée. Ils lisaient le Coran et brûlaient de l'encens. De mon arbre, je riais en silence. Tout était parfait. J'étais sain et sauf et je pouffais de rire. La mort n'était que cela : un détachement discret et même agréable qui nous rend observateurs de nous-mêmes. En plus j'étais persuadé de l'avoir emporté sur toutes les menaces de châtiment : celui qu'on avait déposé sur la natte n'était qu'un morceau de bois, une planche creuse. Mon corps était peut-être un tronc d'arbre, insensible, dur et tendre à la fois. Moi, j'étais déjà de l'autre côté, j'avais tiré mon épingle du jeu ; mes pieds ne touchaient plus la terre ; un vent léger m'emportait. Je volais. Je planais au-dessus de la maison. La mort était plus qu'une aventure légère et parfumée, une liberté. Je regardais l'horizon : il n'était pas rouge mais bleu. L'enfer promis n'existait pas. Le paradis avec ses rivières de miel et de lait, non plus !

Mon rêve me rendit heureux. C'était un secret que je gardais profondément en moi. Plus de prière. Seule la crainte de brutalités physiques qui s'abattraient sur moi en pleine conscience, en plein éveil, me poursuivait !

Je suis assis et j'attends. D'une seule et même voix, tous les muezzins de Médine appellent à la prière. La voix est amplifiée par haut-parleur. Un chant plus qu'un appel impératif. La voix est belle. Elle m'extrait de mon isolement volontaire et me ramène à la chambre telle qu'elle est : les murs sont sales, un duvet de moisissure sur le plafond ; des fissures irrégulières ; des clous mal plantés où sont accrochés djellabas, pantalons et serviettes de toilette. La fenêtre est haute ; le cadre est peint en vert. Les matelas sont empilés dans un coin. Le sol est recouvert d'une vieille natte. Les valises et malles sont entassées à côté de la porte. Elles sont fermées avec de gros cadenas. Les chaussures sont là aussi dans leur état de désolation et d'usure. Je n'ai pas froid. J'étouffe déjà. Le chant de la voix m'emmène loin. Je plane. Je vole au-dessus de l'immense foule de fidèles tous prosternés. Je suis à présent sur le haut de la colline. Je fais ma prière sans bouger. Je la fais des yeux. Mon corps tient à rester à l'écart. La prière de l'aube est brève. Je la prolonge pour éviter de me mêler à la foule. Je suis levé. Je suis hors de la chambre. J'entends les voix de mes compagnons. J'évite d'avoir à m'expliquer avec eux. Je suis sur la terrasse. Le jour se lève brutalement. Médine est une ville construite avec la même main : des maisons petites et basses, avec des fenêtres hautes, des rues non géométriques ouvertes sur d'autres chemins, les murs ont la couleur primitive de la terre ; sur des terrains, des morceaux de maisons en ruine ; pierres et poussière d'argile. La lumière du matin semble venue d'un champ de blé ou sortie d'une rivière. Elle m'inonde. Médine me rappelle Fès. Des blocs de petites maisons imbriquées les unes dans les autres, immobiles, éternelles, silencieuses. Un ensemble de dessins simples et inextricables, enchevêtrés, fermés sur des vies muettes. De ces maisons ne se dégagent ni fumée ni corps dansants.

Ils sont revenus un par un. Chacun a étalé son matelas et s'est endormi. Je les enjambe pour rejoindre mon coin. Je les regarde. Ils sont satisfaits. Ils se lèveront tout à l'heure pour manger. Je m'arrangerai pour être dehors. Celui qui dort à côté de moi est le chef de la bande. Il vient chaque année en pèlerinage depuis dix ans. Certains disent qu'il fait des affaires, d'autres croient qu'il a la foi. Moi, je n'ai pas confiance en lui. On l'appelle l'Ancien. Ce fut lui qui vint me sortir de l'immense enclos à l'aéroport de Djeddah où j'étais parqué avec des milliers de pèlerins. J'attendais l'arrivée de mon guide désigné. Lui n'était pas le guide, mais probablement son recruteur.

— Ne serais-tu pas le fils de... ? me dit-il.

— Oui.

— Je connais ton père et ton oncle. A présent on va récupérer ton passeport. Je passe ainsi une fois par jour pour voir s'il n'y a pas un compatriote à aider.

Un homme à la peau très brune est assis en tailleur sur un vieux fauteuil. Il encaisse les droits de prise en charge. Il avait pris mon passeport et l'avait jeté négligemment dans un grand sac de jute. Cette pagaille m'avait choqué à mon arrivée. Après je m'y suis fait. Elle n'est qu'apparente. D'un œil il compte les billets de banque, de l'autre il vérifie ses listes de pèlerins. Au début, j'étais complètement perdu. Je n'arrivais pas à me détacher de la stupeur qui m'avait envahi. Je ne me reconnaissais point dans ce désordre de couleur, de bruit et de poussière. J'avais l'air d'un touriste ridicule, hagard au milieu d'une faune étrange particulièrement à l'aise et même de bonne humeur.

Les Africains étaient là en famille : femmes et enfants assis par terre, préparant à manger en plein aéroport. Indifférents et même hautains, parfaitement bien dans leur peau. Les uns priaient dans un coin, les autres dormaient, d'autres écoutaient le transistor. Tout le monde attendait avec patience et bonheur. Sauf moi qui refusais de me mêler à cette foule et d'oublier mon personnage de petit-bourgeois occidentalisé. Je me disais que le Maroc était loin, c'est vraiment l'Occident extrême, étranger à cet Orient tumultueux où le désert avec ses sables, ses visages et sa sévérité mordait sur des cités en ébullition, des cités du temps lointain, saisies par le siècle. Les pèlerins se laissaient faire, heureux de fouler la terre sacrée, même si l'hygiène faisait défaut, même si on les bousculait, si on les exploitait, profitant de leur passion, de cette foi aveugle.

Étrange ! La foi détachait les pèlerins de leur corps. Moi, j'étais cramponné au mien. Je ne le quittais pas une seconde. Je m'y accrochais de peur d'être emporté par le rêve du rêve, par l'œil ouvert et éternel de la source, par l'écho de la voix que je tenais prisonnière dans la ténèbre du puits, par le verbe composé d'ossements laissés à l'entrée de Médine, par le cavalier mort d'une longue

146

tristesse suite à une trahison qu'il est recommandé de ne
pas révéler, par le souffle des sables mêlés de cristaux
rares et empoisonnés, par la bête interdite à Médine
mais qui parvient une fois l'an à passer la frontière au
moment du crépuscule ; je tenais ainsi mon corps serré
contre moi-même de peur d'être ballotté d'un songe à un
autre songe, d'une colline à une montagne, d'être livré à
l'aventure des visages sortis de l'abîme, d'être piétiné
par des corps voûtés et aveugles, la tête levée vers le ciel,
apprivoisée par l'intense lumière du désert. C'est cela la
« ferveur religieuse », la « passion du don ».

Je suis assis. La tête posée sur mes genoux. Ils
dorment et ronflent en paix. La main de Médine s'est
posée sur leurs paupières. Ils sommeillent, la bourse
sous l'oreiller. Je ne me souviens plus si nous nous
parlions, si nos visages se rencontraient, si nos cœurs
s'ouvraient. J'ai un trou dans ma mémoire et j'ai oublié
les noms et les figures, les gestes entrepris en commun.
Une fois nous avons prié ensemble, en rangées serrées et
étroites dans la chambre. Ce devait être la prière de
l'après-midi, la dernière qu'on peut faire sur un mort ; je
me prosternais avec un léger décalage et me tenais à
l'arrière.

Huit jours. Huit nuits. Déjà le temps des quarante
prières. Médine posée dans la paume d'une main aux
lignes simples, évidentes, pures. A l'intersection de la
ligne du Temps et de celle du Destin, le tombeau du
Prophète Mohammed. Une citadelle dans le désert.
Petite, discrète, mêlée aux maisons basses. Je l'ai visitée
la nuit : j'ai dû enjamber des corps endormis à même le
sol et plusieurs rêves pour atteindre le seuil d'un
territoire nu, élevé et inaccessible. J'ai regardé et je n'ai

rien vu. Était-ce moi qui tremblais ou le sol qui vacillait sous mes pas hésitants, mal posés ? Était-ce la crainte lointaine et profonde de la solitude absolue se dessinant sur le cadran de l'horloge géante placée en face de moi contre la colonne principale ? Était-ce le silence de la ville, mère et âme des villes, ou l'angoisse nue révélée dans le miroir alors qu'on la croyait défunte à l'approche des dunes ?

Je quittai le mausolée — l'ultime maison — sur la pointe des pieds et revins à la chambre ramasser mes bagages. Ils étaient tous partis. D'autres attendaient dans le couloir pour s'installer en cet espace à peine effleuré. Mes compagnons s'étaient dispersés. Ils étaient déjà sur la route de La Mecque. J'aurais aimé faire le voyage à dos de chameau, comme les ancêtres. J'avais le choix entre le taxi collectif et l'avion. Je voulais arriver à La Mecque au milieu de la nuit. Comme Médine, c'est une ville à découvrir doucement, avec une lumière naissante, juste au moment où la nuit lentement se retire et où le jour lentement avance. Je fis le voyage jusqu'à Djeddah en avion et pris un taxi la nuit pour entrer à La Mecque.

Quelle mémoire de l'aube la ville a-t-elle délivrée : le souvenir d'une cité encombrée d'êtres de passage. Quelle main pourrait la toucher, non la saisir ou l'enlacer, mais juste s'en approcher sans la réveiller. La Mecque doit être encore plus vive, plus cruelle et plus belle dans les pensées des aveugles. Médine est dans la paume d'une main, ou dans un bol d'argile. La Mecque est dans le temps, érigée en légende, à peine ville. On ne peut la voir. Ceux qui y pénètrent ont l'illusion de la voir et même d'y avoir été. Hors d'atteinte. Il vaudrait mieux l'observer de loin et la lire comme une énigme, la penser comme un mystère total.

J'ai erré longtemps dans ses ruelles. J'ai eu l'impression de n'être pas là, d'être ailleurs et sans substance, d'être rien, pas même du vent. Une absence. Une transparence. J'ai longtemps marché à la recherche de la source et de la montagne. Je n'ai rencontré que des regards perdus ou éblouis, fascinés ou pris de vertige, hallucinés et heureux, possédés par la lumière et la larme.

Le guide et sa famille habitaient sur la terrasse. Le reste de la maison était loué aux pèlerins, chambres, débarras, couloirs et même escaliers. Il apparaissait rarement. Il déléguait auprès de nous de jeunes apprentis yéménites. Il était malin, le vieux guide, grand, mince et sec, il devait avoir un mépris hautain à l'égard du genre humain qui arrivait jusque chez lui. Du haut de sa tente aménagée sur la terrasse, il donnait ses ordres, faisait ses calculs et régnait en maître invisible. Il parlait peu et à voix basse. Je l'observais discrètement et remarquais que cet homme du désert n'avait de passion que pour l'argent, il craignait cependant les foudres de ses quatre filles qui tenaient la comptabilité.

Je suis assis sur une pierre, en haut du mont Arafa. J'attends le coucher du soleil. Je suis seul. Moi et la pierre et peut-être un million d'âmes, debout, le regard porté vers le ciel. Je suis entouré de masses humaines que je ne vois pas. Je regarde la pierre et je n'arrive pas à savoir de quelle couleur est la terre. Je me laisse envahir par les parfums de mon enfance. Ce n'est peut-être pas le moment, mais je regarde par-dessus mon épaule droite et je revois le citronnier au milieu de la cour. Ce n'est pas le lieu pour se pencher au-dessus d'un puits profond. Un million au moins de pèlerins vont communier avec Dieu, dans un silence insoutenable. Moi, j'essaie de m'évader, ou de me coucher sur la pierre. Lorsque le soleil disparaîtra derrière la montagne, toutes les mains jointes se porteront sur le visage ramenant à l'être un voile de lumière. Les pèlerins descendront en courant le mont et moi aussi je me mettrai à chercher une part de lumière. Ce sera peut-être cela la grâce.

J'ai fini par baisser les yeux puis par les fermer. J'ai pénétré dans la foule, la tête levée, le regard absent. Je ne suis plus seul. Le reste, ce qui est advenu, je le tais.

J'avais dormi la veille à Minan sous une tente, non loin du mont Arafa. Un sommeil difficile, entrecoupé de prières sur des vieilles personnes mortes de fatigue, disparues sous les pieds d'une foule aveugle ou en train d'agoniser au pied du mont. La mort passait souvent par là, souriant aux uns, narguant d'autres, souveraine mais légère, ne rencontrant que des visages chaleureux, indifférents à ses gestes larges et tranchants. Elle caressait les regards qui s'éteignaient dans un état de bonheur final, celui d'être recouverts par la même terre que celle foulée quatorze cents ans plus tôt par le Prophète. Je dormais d'un sommeil léger et profond à la fois, sur une large serviette de toilette posée sur le sable tiède. Était-ce des visions ou des rêves ? Des images de tumulte prises ici et ailleurs :

Une assemblée hétéroclite et agitée. Des amis au visage sévère, des anciens camarades de classe, des inconnus masqués, des images vives sur un ciel éteint. Un homme s'approche de moi et me dit qu'il est comédien. Il me raconte un film où il a joué. De sa bouche sortent des images en couleurs. Je vois sur un écran large les scènes qu'il me décrit. Je n'entends pas les mots. J'essaie de suivre le rythme des images qui se succèdent à grande vitesse. Il se met à me raconter une autre histoire, avec d'autres personnages. Sur le même écran, des images brèves mais différentes se superposent. Le comédien s'arrête de parler ; l'écran se vide. L'homme disparaît. Je suis moi-même dans le film : un figurant faisant la queue devant un administrateur — qui a le visage de mon guide à La Mecque — installé sur un trône au pied des pyramides d'Égypte. Je lui présente ma table pleine de hiéroglyphes. Il ne dit rien, la prend et la pose sur une pile de planches coraniques. Il fait très chaud... Je lève le bras pour le passer sur mon front et là tout s'arrête. Les amis et visages du début se rassemblent. Nous nous trouvons dans une grande maison à Fès. On nous sert à manger. La nourriture — de la semoule ou du riz — est étalée dans un grand lit à baldaquin. Je suis chargé de servir les invités. Je n'ai qu'une cuiller à café. Je n'arrive pas à remplir les assiettes que des mains me tendent. Le lit ne désemplit pas de nourriture. Un lit de couscous. Entre cette masse de nourriture et moi, une barrière en bois. Je me penche. La barrière se casse. Je ne tombe pas mais j'ai le sentiment d'être libre, délivré d'une corvée ou d'un travail impossible. J'avance vers le lit et j'empoigne la semoule. Quand je la porte à ma bouche, elle devient des cailloux de silex. J'en croque un. Un goût de réglisse. Je m'approche davantage du lit, je ne découvre que des pierres entassées. D'entre deux pavés gris surgit un homme en complet veston gris. Il saute, léger et rapide.

151

Je le regarde. Il m'observe comme si nous nous connais-
sions. Je reconnais en lui un visage ; une voix intérieure
me dit : « C'est lui le poète engagé ! » Les autres étaient
partis. Seuls deux hommes étaient encore là avec leur
assiette vide entre les mains. Ils me dévisagent et
hochent la tête comme pour me dire que l'homme qui
vient de sortir d'entre les pierres était bien le « poète
engagé » : gestes incisifs, paroles brèves, chapeau gris,
visage sombre, allure sérieuse. Une image triste.
Aucune trace d'humour. Il ne dit mot. Je me retourne et
me retrouve de nouveau dans le désert, un espace
familier. Des bancs de sable rouge se déplacent comme
des vagues. Je plane au-dessus de cette étendue et je
rencontre des personnages suspendus au ciel par un fil
transparent. On se regarde. On se reconnaît. Le « poète
engagé » a disparu. Il est retourné vivre entre les
pierres. Il est coincé entre deux silex. Il n'y a plus de lit
de semoule. Je suis seul avec mon rêve entre les mains.
Je me promets de le retenir pour le raconter. Une vieille
femme se penche sur moi et me dit avec douceur :
« Hadj ! C'est l'heure de la prière ! » Je quitte la tente et
marche dans le sable, à la recherche de vingt et un
cailloux. Car demain, comme tout le monde, j'irai
lapider Satan !

XII

Je suis sur un vélo et je divague d'un visage à un autre.
La route est longue, bordée d'immenses eucalyptus. Au
bout, il doit y avoir une maison, un ancien moulin sur
l'eau. Dans cette maison isolée de tout, j'espère parvenir
un jour à m'asseoir autour d'une table et à parler avec
mon père. Je le vois, vêtu de blanc, assis de biais sur le
fauteuil, ou même croisant les jambes et s'appuyant sur
un oreiller, ses doigts, de joie ou d'impatience, pianotent
sur la table. Il sera calme, paisible, serein et même
heureux. Moi, je lui ferai du thé, je ne lui recommande-
rai pas de se soigner, je ne l'obligerai pas à prendre ses
médicaments contre l'asthme et la bronchite chronique.
Je serai attentif et aimant. J'essaierai d'être amical et je
lui demanderai de me parler.

Mon père me dira : « A treize ans, j'étais déjà un
homme. J'ai dû émigrer moi aussi dans l'extrême Nord,
rejoignant mon grand frère installé d'abord à Nador,
puis à Melilla, occupée par les Espagnols. Je savais lire
et écrire et je connaissais par cœur le Coran. C'était là

153

une condition posée par mon père pour pouvoir quitter Fès et travailler. Je passai toute une journée et une partie de la nuit à réciter à mon père les cent quatorze sourates du Coran. J'avais droit à une erreur par sourate. La deuxième erreur était sanctionnée par un coup de bâton. Au moment du départ, mon père pleurait et ma mère était alitée. Moi, je retenais mes larmes. A treize ans je me suis retrouvé seul et responsable. Les Français venaient d'entrer au Maroc. Je savais que les temps allaient être difficiles. Une grande malédiction s'abattait sur nous. La Première Guerre mondiale faisait rage depuis un an. Les gens en parlaient dans le car. C'était confus dans ma tête. Le voyage était très long et très pénible. Nous avions roulé de jour et de nuit. J'arrivai tard dans la soirée à Nador. La première nuit, je ne dormis pas vraiment. On m'avait prévenu : le Rif est une région dure et les Rifains des hommes rudes. Nador était à l'époque une petite bourgade qui vivait de trafic. Je me destinais au commerce. Que pouvais-je faire d'autre ? J'ai beaucoup peiné. J'ai connu des moments très difficiles. Et je n'ai jamais fait fortune. Pour réussir, il fallait pas mal d'intrigues, de combines, de mensonges, et surtout savoir prendre des risques. Or si toute ma vie j'ai fait du commerce, je n'ai jamais fait d'affaires. J'ai toujours été droit, je veux dire honnête. Je dois t'avouer que je râle aujourd'hui quand je vois les apprentis que j'ai formés enrichis ; ils ont fait fortune durant la Seconde Guerre mondiale. Je n'ai jamais pu rivaliser avec les loups, mais, Dieu merci, nous n'avons manqué de rien. Nous avons toujours mangé à notre faim. Comme mes frères, je vendais du tissu anglais et japonais. De la bonne qualité. J'avais une haute idée du commerce. Nador n'était pas calme ni prospère. D'ailleurs la guerre du Rif allait y débarquer et tout chambouler. Je me souviens bien du fqih Abdelkrim al Khattabi, le héros de la guerre du Rif. Ce fut lui qui rédigea l'acte de mariage de mon frère cadet. C'était un homme de grande culture. Il avait fait ses études à l'Université Qaraouiyine de Fès Il venait souvent bavarder avec un certain cheïkh Chaouni, un petit commerçant, notre voisin. Je passais à côté d'Abdelkrim et je le saluais respectueusement. Quand j'appris qu'il dirigeait la rébellion contre l'occupant, j'ai quitté mes frères et suis parti le rejoindre dans les montagnes. Je fus dénoncé par un voisin à l'armée espagnole et fus arrêté à Hadd Laroui. Quinze jours de prison dans une cellule humide. Je me souviens du colonel Gabbas, un petit gars trapu ; il me libéra. J'ai su plus tard que c'était un rouge. Ce fut lui qui occupa en 1934 Sidi Ifni, mais Franco le fit exécuter à Barcelone en 1937. Franco, je le connaissais de vue. Il était capitaine à Melilla ; il fréquentait le même café.

» Donc, après Nador, je partis à Melilla. On m'arrêta de nouveau. Il faut dire que j'étais présent à Annoual le jour de la grande et glorieuse bataille. C'était un vendredi 17 juillet 1921.

» Je fis plusieurs séjours à Melilla de 1918 à 1922, ensuite de 1924 à 1929 et de 1930 à 1936. Je m'établis ensuite à Fès où je me suis mis à vendre des épices en gros. Entre-temps je m'étais marié. Je n'eus pas d'enfant. Cela dura onze ans. Quand j'ai épousé ta mère, je n'avais pas divorcé de ma première femme. Elles ont vécu ensemble dans la même maison pendant deux ans. Elles ont bien coexisté. Ta mère qui était veuve deux fois était encore jeune, mais elle savait que la seule manière de chasser l'autre femme c'était de me donner des enfants. Quand elle fut enceinte de toi, ton frère avait cinq mois, je répudiai ma première femme, qui se remaria très vite avec un boucher de la médina et lui donna pas moins de treize enfants ! J'ai beaucoup peiné. On devrait me donner la médaille de l'endurance. J'ai passé ma vie à me déplacer, d'une région à une autre, d'une ville à une autre, d'un quartier à un autre, d'un métier à un autre, et moi, toujours le même, lucide, sincère, fidèle à la foi, ne trompant personne, tenant absolument à vous garantir un toit et la nourriture, je crois que vous n'avez jamais manqué de quelque chose d'essentiel. Oh, ma vie est un roman. J'étais un dandy à Melilla, très élégant, comme un Britannique. J'ai des photos. Regarde, là, j'ai moins de trente ans ; celui qui est assis est un cousin, pas très futé, aucune élégance, aucun humour. Après, quand je me suis mis à vendre des épices, j'ai dû renoncer à l'élégance vestimentaire. Je sentais le piment, le cumin, le safran, le gingembre, les clous de girofle... Toi, tu aimais tous ces parfums mêlés, tu venais te blottir dans mes bras et t'imprégner profondément de ce mélange enivrant. Après les épices, je me remis au tissu. Ce ne fut pas très brillant. Soupçonné de sympathies pour les activités nationalistes, les agents des renseignements français me confisquèrent les trois quarts de ma marchandise. Certains militants venaient se réunir chez moi dans l'arrière-boutique. Je perdis tout dans l'incendie de la Qissaria. C'était une provocation de la police. Plusieurs fois je me suis retrouvé à zéro. Je recommençais tout, avec patience, avec espoir, mais sans jamais faire fortune ! Je te dis ça parce que le

véritable esprit du commerce a été dévoyé ; et j'ai
tellement vu d'escrocs réussir au mépris des lois, de la
religion et des hommes. La suite tu la connais. Pas un
seul jour de repos. Les vacances ? Pas pour moi. Et puis
il y a ta mère. Je sais, tu l'aimes plus que moi, mais tu es
injuste. Je suis seul dans mon parti. Pas d'adhérents, ni
de sympathisants. J'en suis le seul membre actif et
militant. Ta mère me parle en élevant la voix. Je n'aime
pas ça. Et toi, quand tu me parles, sois doux, ne t'énerve
pas, considère que tu parles avec un ami, un camarade
de classe. Tu n'aimes pas discuter avec moi. Alors je
parle tout seul. Je lis le journal et je fais mon propre
commentaire. Ne crie pas quand tu t'adresses à moi. Je
sais que je me mêle de tout parce que je ne vous veux
que du bien, j'ai de l'expérience et je voudrais que vous
en profitiez. Des hommes importants viennent me
consulter. Pas vous ! Enfin vous avez ma bénédiction.
C'est le plus important. Ton frère est comme toi, il ne
me consulte pas. Ça me fait mal. Je sais, les temps ont
changé et je continue à garder dans un débarras tous les
objets dont on ne se sert plus. On ne sait jamais. Tu
trouveras dans cette pièce de tout : des lampes mortes,
des fers à repasser en panne, des interrupteurs, des clous
rouillés, plusieurs marteaux avec ou sans manche, des
jarres fêlées, des cadenas, des trousseaux de clés, vos
cahiers d'écoliers, votre certificat d'études primaires
encadré même si la vitre est brisée, vos livres d'histoire
et de calcul, un cahier de brouillon, des centaines de
mètres de ficelle, des cadres, des fusibles, des lunettes
cassées, un miroir éteint, des valises en cuir très usées,
des pinceaux pour la peinture, tout, tout ce dont a besoin
un bricoleur, un bricoleur de l'âme, un bricoleur méta-

physique ! Ce débarras c'est mon secret. Je n'aime pas qu'on y entre. Depuis que je m'occupe du jardin, je le délaisse un peu. Tu vois, par exemple, la petite fontaine en marbre à l'entrée de la maison. Tu la trouves ridicule. Moi j'aime entendre l'eau couler par cette bouche que j'ai bricolée au milieu. Mon plaisir c'est de prendre un café l'après-midi, quand il fait beau, et de m'imaginer dans une de ces grandes maisons de Fès avec un superbe jet d'eau au milieu de la cour. Ici, Fès me manque beaucoup. Et je sais que Fès n'est plus dans Fès. »

En me parlant sa main droite, large et épaisse, fait un geste comme pour repousser une présence indiscrète penchée sur son épaule. La main chasse le passé et refuse, malgré tout, la nostalgie. Mon père a toujours eu du mal, non à s'adapter, mais à accepter sans discuter ce qui apparaît nouveau. Son esprit critique est souvent systématique. Longtemps il s'est voulu résolument un homme moderne. A notre arrivée à Tanger, il décida d'abandonner la table basse pour manger. Il transforma une pièce en salle à manger dans le style européen : table rectangulaire, chaises, couverts, chacun son verre, plus de plat commun. Une petite révolution qui dura trois jours ! Une autre fois, il fit graver ses nom et prénom ainsi que le numéro de téléphone sur une plaque de cuivre et l'accrocha sur la porte. On eut tellement d'appels obscènes qu'il se précipita au milieu de la nuit et l'enleva. Mais son aspect le plus fascinant est ailleurs : il ne se résigne jamais. Je sens que je suis en face de quelqu'un d'exceptionnel, une mémoire riche et tourmentée, une exigence dure. Je baisse les yeux, par orgueil ou par pudeur, je ne lui montre rien de mes sentiments ; je ne manifeste pas ma tendresse, je tais cet amour et je m'en veux.

J'aime quand il confirme ou rectifie l'histoire de la famille. Longtemps il a tout consigné dans de grands cahiers que les rats ont soigneusement annulés. Mais il reste la mémoire vive de la famille et l'humour incisif qui, loin de faire sourire ou d'apaiser, blesse. Homme incompris, il ne choisit jamais la facilité. Longtemps je me suis opposé à lui tout simplement parce qu'il est le père (et en ce sens il y aurait une infinité de raisons bonnes à dire, mauvaises à avouer), jusqu'au jour où j'ai réalisé que je risquais de le perdre dans le malentendu et surtout dans le silence et l'absence du regard lavé de sa violence, dévié ou baissé.

XIII

Alors j'écris au lieu de vivre. Assis à ma table j'étale sur la page toute la violence accumulée, tous les conflits que j'ai frôlés.

Je devrais un jour m'arrêter d'écrire, cesser ce va-et-vient entre la vie et ses simulacres, aller dans le silence et la solitude un peu plus au bout de moi-même. Comme pour le mal de tête qui s'empare de moi régulièrement depuis que je suis né. Je lui fais un croche-pied à chaque fois qu'il devient insupportable au lieu d'aller voir jusqu'où la douleur va me mener. Je l'arrête dans son élan en avalant des calmants, mais, imperturbable, il revient à la charge avec une périodicité remarquable. Et si un jour j'acceptais de le recevoir comme un visiteur encombrant, indésirable, mais inévitable, sans essayer de lui échapper, de le détourner de sa trajectoire, de s'absenter jusqu'au moment où la souffrance devient aiguë, c'est-à-dire intéressante ! Et si je me décidais de la vivre jusqu'à l'intolérable, jusqu'à cette folie qui enfin me sortirait de moi-même et peut-être me rendrait plus vulnérable et simplement plus vivant !

J'ai pris l'habitude de contourner ces situations de solitude absolue où je pourrais vivre un affrontement.

L'idée de préserver le corps qui était arrivé à la vie malade continue de me posséder et me soustrait de tant de violences, y compris et surtout celles qui me bâtiraient une demeure.

Ainsi le mal de tête serait cette nostalgie de l'enfance alitée. Qu'ai-je donc laissé de si précieux dans le couffin de mes premières années ? J'y retourne, un peu malgré moi, comme si je devais éclaircir un mystère. On me le dira plus tard : ma présence à moi-même, à mon corps, se manifeste à chaque fois que la maladie fait une incursion dans mes veines ; et je compare mes migraines aux règles des femmes ! Elles arrivent avec régularité. Quand elles tardent à surgir en moi, je sens leur absence ou leur retard comme un manque, une irrégularité suspecte. J'ai tout lu sur les maux de tête et procédé à toutes les analyses possibles. Le fait de n'avoir rien trouvé de palpable me met dans la même situation d'embarras que lorsque je cherche à comprendre mon rapport avec l'amour. La différence c'est que le mal de tête, quand il s'installe en moi, me rend indisponible, inopérant. Je ne sers à rien. Je deviens inutile et terriblement encombrant pour moi-même. Des fois il accède à la pointe de mes nerfs avec une violence qui monte comme la fièvre au milieu de la nuit ; il me réveille et m'oblige à le vivre sans possibilité de fuite. Inutile et handicapé : je ne peux ni dormir, ni lire, ni parler, ni écrire. Je me tiens la tête entre les mains et j'essaie de la déboulonner. Je voudrais bien m'en débarrasser, la changer contre une tête moins sensible au tremblement de mes veines, ma tête qui aurait une face moins sereine et plus solide à l'intérieur. Je marche dans la chambre et je sens le moindre mouvement de la terre.

Je reçois tout avec intensité. Mon rêve : perdre la tête, la déposer sur un oreiller et la regarder se refroidir jusqu'à retrouver le rythme de mes viscères. Mais je ne le peux. Alors j'apprends à attendre et à être patient. Cela ne sert à rien, car une autre crise est inscrite sur le calendrier de mes rares moments de vie et de folie. La migraine serait ainsi la seule passion qui s'empare de moi et me vide jusqu'à l'épuisement. Je me trompe de résistance. Au fond je réussis à résister à l'amour et je me laisse posséder et déborder par le flot des douleurs cervicales.

Ce fut sans doute après un accès migraineux que j'écrivis une lettre de deuil, rupture d'un silence chargé de tension. Cette lettre me fait honte. Je compris que l'amour ne se vit point dans les règles et lois sociales et encore moins dans la morale. La lettre me libérait ; je mis la vie dans les mots et je m'en tirai avec juste quelques égratignures. Le pouvoir de l'écriture me fascine. Je m'y réfugie à chaque fois que je devrais agir. L'exorcisme par les mots est mon bouclier, mon voile, ma demeure et ma passion.

XIV

Quand il surgit, grand et tremblant, traînant la jambe gauche, retenant de la main droite son bras gauche, corps immense à moitié mort depuis longtemps, le visage bouffi, encombré de tics faisant du sourire une grimace ; quand il apparut sur le seuil de la porte, noir, enveloppé d'une djellaba blanche, égrenant un chapelet en matière phosphorescente, m'interpellant d'une voix grave, probablement émue, me disant comme pour me réveiller d'un sommeil trouble ou pour me rappeler à l'ordre, « Je suis le fils de ton oncle et ton père est mon oncle, je suis un Nègre, fils d'une Négresse que mon père avait achetée à Fès même, il y a de ça une cinquantaine d'années, je suis venu aujourd'hui pour te montrer mon visage et que tu me montres le tien, pour que notre sang soit vivifié et reconnu, je suis venu pour le pardon de l'absence après trente ans d'errance, fils maudit par mon père, j'ai fait mal à ma mère, et aujourd'hui je viens à vous avec mes enfants pour que soient dissipés les malentendus du silence... » Quand il fut fatigué, il s'assit ou plutôt se laissa tomber de tout son poids sur le matelas et se mit à pleurer d'émotion, de joie ou de remords, il demanda un verre d'eau, but à petites gorgées en prononçant à chaque fois les noms d'Allah et de Mohammed, que la bénédiction d'Allah soit sur lui, il réclama la présence de tous, et comme s'il officiait du haut d'une chaire entama un grand discours truffé de versets du Coran ou de quelques paroles du Prophète : « Les voix ont dit et moi je les ai entendues, moi, fils d'une esclave et d'un père violent, je viens aujourd'hui poussé par le songe pour réunir et unir cette famille que le temps et le destin ont éparpillée et démembrée… » La moitié du corps, atteint d'hémiplégie, immobile, las, déposé mollement tel le tronc d'un arbre en caoutchouc, insensible, non vivant, consigné, lové dans le reste du corps, et cette voix travaillée pour la vie rude, énonçant en les ponctuant des phrases creuses choisies apparemment pour susciter l'émotion immédiate et spectaculaire, entrecoupée de rires étranges à chaque fois que mon père l'arrêtait pour évoquer un souvenir lointain tout en lui rappelant que son absence fut longue et douteuse, il riait, fermait les yeux et se revoyait enfant maudit réfugié chez mon père à Melilla, puis à Fès, enfant non aimé parce que noir et fils d'esclave ou simplement parce qu'il était insolent et déjà délinquant. Nous l'écoutions, assez fascinés par une telle mise en scène : « Ma mère, ma pauvre mère qui ne devait jamais élever la voix, m'attendait jusqu'à l'aube derrière la porte pour m'ouvrir, pour me protéger. Elle mettait sa main sur ma bouche, m'enlevait les chaussures pour ne pas faire de bruit, pour ne réveiller personne, puis s'en allait dormir dans sa chambre sur la terrasse, un débarras, un grenier où les rats lui tenaient compagnie, et moi, je la faisais souffrir, je passais des nuits avec les putains et d'autres avec les résistants nationalistes, je lui en voulais et ne savais pas l'aimer ; mon père me regardait à peine, j'étais son erreur, sa mauvaise graine, il me maudissait, il enlevait son turban et le jetait par terre violemment, demandant au ciel de le débarrasser du morceau de charbon que j'étais, un bout de bois sec, creux, inutile, alors je cassais tout, je crachais sur le visage des morts, maudit, je me permettais tout... Où étais-je à la mort de mon père ? Au cimetière, j'avais devancé tout le monde, alors qu'il agonisait, moi je hantais déjà le cimetière, parlant à la terre et aux pierres qui allaient couvrir son corps... Où étais-je à la mort de ma mère ? Je ne sais plus, car elle est morte de tristesse et de solitude... Elle fut enterrée un après-midi d'hiver, j'étais seul et je pleurais. Je suis venu avec des pensées accumulées, trop lourdes pour la parole. Quand ma belle-mère blanche ou son fils aîné battaient ma mère, je me cachais dans un coffre. Elle ne se défendait pas. Ni cris ni larmes. Je n'avais ni famille, ni foyer, ni amis. J'avais à moi tout seul et pour toute la nuit l'immense étendue de la rue. Lorsque Fès dort, ses rues s'agrandissent, ses murs s'élargissent, ils font place aux enfants abandonnés. Mes pieds tissaient ces ruelles avec rigueur ou fantaisie. Je refaisais le plan de la ville. Personne avec qui parler ni à qui tenir la main. Je rentrais à l'aube, fatigué, enivré par mes errances nocturnes qui ne se ressemblaient jamais. Voilà pourquoi je revendique et réclame la réunion de toute la famille, pour fermer définitivement cet ouvrage de douleur et de haine ! »

Son regard baissé fixait le sol. Son corps ne tremblait plus. Il se reposait. Mon père, ému, sortit le grand cahier noir, registre de la famille, et se mit à informer notre visiteur sur l'état actuel des uns et des autres : tel s'est marié en 1954 avec une brave femme qui lui donna six enfants ; tel autre divorça de sa première femme et partit vivre avec une étrangère ; tel demi-frère est mort à vingt-huit ans d'un cancer ; un autre est bijoutier et sa femme est couturière, ils ont trois enfants dont l'aîné est un vagabond ; un autre est professeur ; une sœur, noire aussi, a été abandonnée de tous ; l'un a réussi dans les affaires, l'autre est toujours cordonnier ; ils sont tous avares... Cette famille est dispersée, maudite, vivant dans le désordre... Il y a enfin celui atteint de folie, il s'est laissé pousser la barbe et hante les mosquées ; personne ne sait où il est, ni de quoi il vit. Il est tard, trop tard pour mettre de l'ordre dans tout ça... La famille est un foyer de violence, de petites guerres, d'égoïsme et de calcul... A présent tout est fini ou sur le point de s'achever. Chacun a pris un sentier et les mémoires bifurquent dans un grand éclat de rire.

Il réclama un grand verre d'eau, but d'un trait, demanda qu'on prie ensemble avec lui, puis se leva péniblement et disparut dans la nuit.

Cette visite alimenta pendant plusieurs jours la chronique orale de la famille. Chacun avait sa version : le retour de l'enfant prodigue, vieilli et handicapé, devint pour certains la dernière manœuvre du fils maudit, l'ultime manipulation d'un escroc, la mise en demeure du fou qui n'hésitait pas à dévorer sa progéniture, ou simplement la mise en scène d'un malade qui s'ennuie terriblement. L'idée de rassembler tous les membres de la grande famille dans le salon d'un hôtel pour faire connaissance, pour voir si le fils de l'arrière-cousin a un gros nez et un petit front, si le mari de la tante de Casablanca est aussi avare qu'on le dit, si la cousine directe est toujours indignée d'appartenir à un « clan de tarés » au point d'avoir changé de nom et de prénom et d'avoir élevé ses enfants dans l'ignorance ou l'indifférence de leur généalogie, si le cousin athée a refait de la prison pour avoir prié dans la mosquée en étant saoul, si son fils se drogue toujours et si sa femme a gardé sa bonté et sa patience, si l'épicier a fait fortune, si le nom n'est pas trop souillé par quelques mauvaises rencontres, mauvaises alliances et mariages ratés ; si l'air de famille est le même sur tous les visages ; voir et constater, voir et remarquer, voir et comptabiliser... Une réunion impossible, des retrouvailles truquées, un grand rassemblement que rien de précis ne motiverait, ni mariage, ni baptême, ni funérailles, juste l'idée d'être ensemble pour développer, non l'amour filial, mais la haine indélébile de la famille et l'extrême misanthropie. J'étais pour l'organisation de cette réunion ; une occasion de dévisager cette tribu, pas plus mauvaise qu'une autre, de la tourner en dérision et de rire... projet insensé né dans la tête d'un fou à l'imagination décadente, il n'a rien trouvé de mieux pour s'occuper que la mise sur pied d'un tel cauchemar ! On mettrait ses plus beaux habits et on paraîtrait sain, bien équilibré, heureux de retrouver les branches vivantes d'un arbre usé, creux, juste un tronc, sans réelles racines, un arbre penché, prêt à se coucher définitivement dans la terre, en haut du cimetière de Bab Ftouh, à Fès. On évoquerait les rares souvenirs communs, on rirait d'un rire gras et satisfait et on attendrait le soir pour étouffer, car la famille dès qu'elle se réunit avale à grandes bouffées tout l'oxygène, c'est connu, elle arrête le mouvement de l'air et dispense des paquets d'angoisse. Le cousin en ques-

tion n'est pas fou, peut-être que son désir profond est
là : en finir avec cette famille dans un grand éclat, la
déchiqueter et la renvoyer au néant ! Idée séduisante, se
débarrasser de cette pesanteur, briser les liens, défigurer
l'image et enrober le tout dans le linceul du ciel. Une
famille qui en vaut bien d'autres, riche de sa diversité,
ignorant le fou, la brebis galeuse et la démesure.

Et la famille fut réunie, pas une fois, pas deux, mais
une infinité de fois. Elle fut convoquée et réunie par
chaque membre vivant ou mort dans la précipitation et la
frénésie du dernier recours. Ce fut tantôt dans le salon
d'un grand hôtel, tantôt dans les jardins d'une belle villa,
tantôt dans une mosquée, tantôt dans un cimetière. Ils
étaient tous là, bien habillés pour la circonstance,
arrivant en voiture ou à pied, sur le dos d'un dromadaire
ou porté dans un palanquin par deux hommes forts ; une
vieille tante arriva sur une litière portée par ses deux
petits-fils, l'oncle féodal se fit précéder des membres de
sa famille les plus importants ; les enfants jouaient, les
adolescents s'ennuyaient, et les domestiques, tenus à
l'écart, se moquaient en douce.

Mon père n'était pas le doyen. Un de ses cousins,
ancien sous-officier dans l'armée espagnole, installé à
Melilla, venait d'avoir ses quatre-vingt-quatre ans. Il fit
une entrée remarquée ; revêtu de son costume militaire
repassé et usé, il joignit les talons et salua l'assistance du
vieux salut franquiste. Cela fit rire les uns et affecta
d'autres. Toute la famille l'avait pratiquement oublié
dans sa petite chambre que lui loue une vieille famille
espagnole. Sa mémoire n'était plus intacte ; il confondait
les noms et les visages, mais il était au courant des
événements importants de la famille — mariages, nais-

sances, décès. Il savait tout, sauf la mort de son frère.
Personne n'avait pensé à le prévenir. Il ne crut pas à
cette disparition et jusqu'à la fin de la réunion il surveilla
l'entrée du salon, espérant voir arriver ce frère qu'il
aimait tant. Depuis sa retraite, sa pension militaire
n'avait pas été augmentée. Il n'osait pas en parler, il
garda sa dignité jusqu'au bout, et juste avant de repartir
il dit à mon père qu'il allait attendre son frère à Melilla.
Il y avait aussi le clan des commerçants enrichis à coups
de petites combines. Satisfaits, ils considéraient que ces
retrouvailles étaient une perte de temps. Ils étaient
impatients de regagner leurs magasins. Il y avait le
groupe des fonctionnaires, stricts et conventionnels.
Point d'intellectuels, encore moins d'artisans. Seul le
cousin borgne est resté horloger, un homme sympathique, résigné et athée. Il allait et venait au milieu de cette
assistance dont il ne connaissait pas les deux tiers. De
tous il était le plus pauvre ; il avait fait tous les métiers,
même projectionniste au cinéma Achabine de Fès. Ce
fut lui qui m'emmena pour la première fois au cinéma ;
je devais avoir huit ans. Il me laissa dans la salle obscure,
seul, et mit la machine en marche. C'était un film de
guerre. Des images tremblantes, des scènes de massacre.
Dans le ciel, deux avions prirent feu. Un homme à côté
de moi poussa un cri de joie. Je lui dis, ce n'est pas vrai,
ce ne sont que des images. Il me dit, tais-toi, tu ne
comprends rien. Je me tus et regardai la suite sans
conviction. Après la projection, mon cousin tarda à me
rejoindre. J'eus peur dans cette grande salle vide. Il
m'avait oublié. Quand il éteignit toutes les lumières, je
poussai un hurlement. Il se précipita vers moi et me

proposa de rester la prochaine fois avec lui dans la cabine.

Il y avait les demi-frères, les cousins par alliance, les veufs, les remariés, les divorcés, les coureurs de jupons, les musulmans fanatiques, les deux cousins dévergondés réclamant du vin, les célibataires, la vieille fille que personne ne regardait, ils étaient tous là à parler fort et à rire, et moi je regardais ce cirque, je scrutais tous ces personnages, me sentant de plus en plus étranger, seul, heureux d'être sur un balcon, les voyant sans qu'eux me voient, voyeur sans plaisir, juste pour avoir une espèce d'assurance que ma famille est peut-être une ville, une rue, jamais la même, que mon pays, ma patrie, est un visage, un ensemble de visages, une lumière sublime à une heure indéterminée de la journée, un morceau de ciel traversé par cette lumière brève, que mes racines sont là où vivent mes émotions, dans le cimetière de Fès où j'ai pleuré, sur la falaise de Tanger où j'ai rêvé de voyages, elles sont dans un amour présent qui me remplit et m'épuise, dans tant d'amitié vécue avec trois ou quatre visages. Mes racines sont les quelques êtres que j'aime. Elles ne sont pas de cette faune ficelée au labeur, enroulée dans les draps d'une vie bonne mais sans sursauts, petite avec ses calculs, ses relents et ses pluies tranquilles. Mes racines sont peut-être là dans ces mots, dans cette encre qui voudrait dire la couleur indéfinissable d'une colline du Sud ou d'un rocher sur la Méditerranée, d'un peu de sable fin qui change de teinte avec la lumière du ciel, dire, loin de cette famille désunie-réunie, une famille parmi tant d'autres, le cri d'un homme seul qui s'arrête au milieu de la place du Grand-Socco à Tanger, déchire sa chemise de rage, colère et haine accumulées, la jette par terre, la piétine, ferme les yeux et pousse un long et douloureux hurlement, aussi long qu'une nuit sans étoiles et sans sommeil, qu'une journée d'éternelle attente. Seulement un cri, adressé à la foule, au ciel, un cri surgi d'un puits profond aux eaux mêlées fend l'air, tournoie au gré du vent, se fait spirale puis retombe dans le corps enfiévré de l'homme seul qui a renoncé aux mots, habité par ce cri qu'il ne peut plus soutenir.

C'était donc cela. Un jour de tempête et de naufrage. Une famille donnée en spectacle à elle-même, dans la déroute de quelques visages flétris, de quelques corps défaits. Ils sont tombés comme des arbres abattus en faisant beaucoup de bruit, dégageant une poussière de farine, blanche, opaque.

XV

Ni rempart ni citadelle, mais une place publique, sans
ordre, sans harmonie, lieu d'infinis mouvements, lieu de
passage et d'arrêt de paroles murmurées, de mots hurlés,
de turban déroulé, jeté à terre, voile arraché, déchiré,
mains levées ramenant dans d'autres mains ouvertes une
part du ciel, visages secrets, dents serrées, l'odeur des
chairs qui transpirent, des corps gras ou minces, secs ou
transparents, serrés les uns contre les autres, des enfants
se faufilent, s'assoient par terre, les yeux épaissis de
sommeil, les mains glissent discrètement le long des
cuisses, des têtes lourdes se penchent en attendant
qu'elles se renversent définitivement sur une pierre
humide, une masse de poussière jaune monte, emportée
par un peu de vent, le vieux palmier à l'entrée du palais
de justice est nu, chétif, rouillé, fatigué, sur une nappe
en plastique une vieille femme vend du pain rassis et des
figues sèches rongées par les vers, un flic donne un coup
de botte dans la nappe et injurie le Dieu qui a permis à
cette femme d'arriver jusqu'à la place, un groupe de
touristes passe, glisse sur le dos rond de la place et
disparaît dans le car à air conditionné, des gosses
vendent des cigarettes au détail, la place se met à tourner

172

lentement, et moi, imperturbable, debout au milieu, entouré de ces corps serrés, j'attends, je n'ose regarder les visages : ce sont eux qui attendent, moi, je ne sais pas pourquoi je me trouve au milieu du cercle, usurpant la place et la fonction du conteur.

Une femme s'avance et me dit : Tu es trop jeune, trop citadin pour être un conteur. Tu es écrivain, tu te dis écrivain, alors écoute-moi, ouvre tes yeux et ton cœur, tends tes oreilles et écoute-nous, écoute ce que nous disons sans même parler, sans bouger les lèvres, regarde ces visages, le temps et l'époque y ont déposé un océan de mots et d'histoires, souviens-toi, mais tu as peu vécu, assieds-toi, concentre-toi, apprends à soulever les pierres du secret, doucement, une à une, veille sur l'herbe qui pousse entre elles et n'hésite pas à suivre nos voix quand elles circulent à l'aube dans les cimetières. Je sais, nous ne parlons pas le même langage, mais tu es arrivé jusque-là et tu attends ; si tu as peur, si tu sens monter en toi la honte, si tu sens que ton visage rougit, alors dis-toi que tu n'es pas loin, pas très loin de cette foule, même si tu restes un homme de la ville, sans excès, sans folie. Nous venons de la terre, des montagnes et des plaines arides, nous débarquons au centre ville avec nos haillons et nos paniers d'osier remplis d'herbes sèches et de pierres, et toi, comme si tu étais égaré, tu t'approches de cette foule. Nous ne savons pas lire. Nous ne savons pas écrire. Mais nous savons tellement de choses. Alors assieds-toi, non, pas par terre, tu es un homme de la ville, tu es fassi je pense, prends une chaise ou un tabouret, installe-toi, nous allons t'entourer, nous rapprocher un peu plus de toi et tu vas bien te concentrer car nous avons tellement de choses à dire, pas à toi spécialement, toi, c'est un peu le hasard qui t'envoie, mais je sais que si tu es là c'est peut-être ta conscience qui te travaille, tu viens de temps en temps au pays et tu essaies de rester en contact avec la terre et les visages.

Puis elle se tut.

Je me levai, fendis la foule qui ne dit mot et m'en allai marcher dans la médina. J'avais la tête pleine de mots, d'images et de poussière. Je me mis à courir à petits pas, comme si j'étais discrètement poursuivi. Je voulais m'éloigner de cette foule qui m'avait encerclé et retenu dans ses mailles. Je pris le chemin de la Casbah comme si je cherchais un refuge, un lieu secret pour me retrouver seul. Dans cette tentative de fuite, poussé mystérieusement par des paroles qui résonnaient encore dans la tête et la poitrine, je fus abordé par un jeune type qui s'adressa à moi d'abord en français, et ensuite en anglais. Il me proposa de me montrer la médina et éventuellement de me vendre l'herbe rare que seuls des touristes comme moi peuvent apprécier. Il insista. Pour mettre fin à ce malentendu ou cette méprise, je lui parlai en arabe. Il disparut. Quelques minutes après, il revint à la charge et me parla en français. Il me dit quelque chose du genre « Mon ami, tu parles l'arabe sans accent, mais tu fais semblant ! » Excédé, perdant mon sang-froid, je lui dis en criant · « Je suis comme toi, je suis du même pays, de la même ville, et peut-être du même quartier... » Sa réplique fut fulgurante, une flèche en pleine poitrine, une blessure qui fait mal : « Non mon ami ! Toi et moi, c'est pas pareil... » Ces mots étaient accompagnés d'un rire nerveux. Il s'arrêta comme si rien n'eût été dit, il me demanda en français : « Monsieur, tu veux un guide ? »

La maison est calme. Le petit jardin qui l'entoure a été longuement arrosé par mon père. A présent il est assis à sa place habituelle et lit un journal vieux de quelques jours. Il le déchiffre péniblement car sa vue a baissé mais il refuse de porter des lunettes. Ce qu'il lit l'exaspère. Il parle tout seul : « Les Arabes ont perdu toute dignité... » Ma mère est assise en face de lui... Elle prend méticuleusement ses médicaments. Cela l'énerve ; il ne croit ni aux médecins ni à ce qu'ils prescrivent. Il pourrait lui parler ; mais il considère qu'elle ne comprend rien, qu'elle est ignorante et sans culture. Il continue sa lecture et ses commentaires en solitaire.

Y eut-il de l'amour entre eux ? Il y a tant de silence et d'incompréhension qui pèsent sur la vie de ce couple que, à force de pudeur, il a exclu de ses rapports toute tendresse. Je les regarde vivre au bord d'un fleuve tumultueux et je cherche dans leurs gestes ou leurs habitudes les traces, peut-être pas d'une passion, mais au moins d'un amour simple et conventionnel.

Je suis assis dans un coin de la pièce et je les observe. J'ai froid et ne sais comment imaginer ce que fut leur rencontre. Il voudrait discuter avec moi, que je lui raconte mes voyages pour qu'il aille fièrement les narrer à ses voisins et amis. Je suis muet. Je ne sais pas ce qui me retient. Et par quoi commencer ? Je voudrais leur parler à eux deux. Mais la même question revient et m'obsède. Y eut-il de l'amour entre eux ? Que peut être l'amour dans une société où on destine une femme à un homme avec autorité, selon des lois non dites ? L'amour ne sera pas dit non plus mais signifié parce que le mari n'aura pas cherché une deuxième épouse ni décidé une répudiation pure et simple. L'amour c'est peut-être la traversée ensemble de presque un demi-siècle, même si à la fin l'exaspération devient le seul mode de communication.

Ils se parlent, rient, et se disputent.

La maison est calme. Je regarde par la fenêtre. La porte du jardin est entrouverte. Rien ne bouge. Je fixe le plafond et suis les lignes d'une fissure. On dirait un fleuve dessiné sur une carte vierge. J'ai des frissons. Je me ramasse comme une chose. Je me colle au mur froid. Sur la table basse, posées côte à côte, une orange et une grenade. Je n'ai pas envie de les éplucher. Je préfère les voir là, immobiles dans leur forme parfaite.

Cette maison n'est pas mon pays d'enfance. Ses miroirs ont perdu leur éclat. Les couloirs se sont élargis. Elle appartenait au grand rabbin de Tanger. Un homme d'une grande stature, beau et intimidant. Il parlait peu. Ses phrases étaient murmurées. Mon père l'appréciait beaucoup. Leur amitié fut vite interrompue par un départ précipité. Il préféra mon père à tous les autres acquéreurs. Ils ne marchandèrent même pas le prix. Pour le remercier, mon père le serra dans ses bras. Les deux hommes s'embrassèrent et chacun lut une prière. Le rabbin bénit les coins de la maison. Mon père y versa un peu de lait et ma mère alluma de l'encens.

Je me lève, poussé par une nostalgie qui me vient d'ailleurs, et fais le tour de la maison. Elle est vieille et ses rides m'intriguent. La vie a fait des passages tumultueux entre ces murs que rongent l'humidité et le temps. Le sol n'est plus plat. On dirait que le carrelage est soulevé par des racines vivantes. Cette maison est un arbre d'hiver et un navire d'été, ou une simple barque ballottée par les flots. Elle change. Tantôt grande, tantôt

176

étroite. Tous ses souvenirs se sont accumulés dans cette espèce de grenier condamné où seuls les rats ont accès. La nuit, j'entends des pas feutrés traverser le plafond. Ce sont les gens de la pierre qui font le ménage dans cette mémoire qui ne cesse de grossir et qui risque de déborder. Toutes ces fissures dans les murs sont autant de chemins et de ruisseaux par lesquels passent les souvenirs. Que de prières ont été célébrées dans cette maison ! Elles ont chassé les démons, le mauvais œil et la haine. Je fais le tour du jardin. Sauvage. Négligé. Superbe. Un jardin minuscule. Un rêve étrange et parfumé dans mon rêve de la veille. Je ne saurai jamais le raconter. Un jour le plafond s'écroulera sous le poids de tous ces rêves empilés dans le grenier interdit. Je me vois échappé de justesse du « jardin aux sentiers qui bifurquent », penché sur le tas de pierres et de bois, à la recherche d'un indice, un signe secret, une lettre hébraïque figurée sur un bout de planche qui m'indiquerait le lieu de cette mémoire dont nous avons hérité un peu inconsciemment. Cette maison juive, où le Talmud a été lu durant de longs hivers, où des mariages et des actes ont été scellés avant même que toute ma famille ne naisse, ces murs épais qui tiennent par la bénédiction d'un Dieu clément et qui ont couvert tant de secrets, tant de pensées rares, qui ont enlacé des rêves timides et conduit jusqu'au cercle des ruines les songes d'enfants qui préfèrent les jeux dans la rue à la prière quotidienne.

Cette maison m'habite. Au début ce fut à mon insu. J'y revenais tous les étés. Après, quand j'y eus froid, quand j'entendis la conférence nocturne des souris et autres bêtes, je sentis avec force la présence en moi du jardin, du grenier, des murs tremblants, de la terrasse pleine de trous, des fenêtres au cadre rouillé, de l'arbre sec qui se penche, du ruisseau imaginaire qui sillonne le plafond et de toutes les silhouettes enveloppées dans un drap blanc traversant la maison comme un simple lieu de passage avant d'aller mourir dans les vapeurs moites du hammam.

La maison est immobile. Tout bouge et s'agite autour d'elle. Elle est traversée par des cours d'eau échappés à la source, par des portes géantes taillées et sculptées à Fès, par des parfums venus de loin, un encens allumé le jour de ma naissance et qui ne cesse de voyager. C'est ma mère qui le prétend. Chacun de mes retours est salué par ce parfum qui emplit les pièces et couloirs et s'éteint.

Mon père est assis, penché sur un manuscrit du siècle dernier. Il ne lit pas. Il regarde les pages et admire la calligraphie, puis comme pour reprendre une discussion qu'il aurait eue, il me dit : « Les Arabes ne font plus l'histoire. Ils ont trahi, trahi le Destin et égorgé leurs propres frères. Tu sais, à l'époque de la guerre du Rif, la trahison était très rare... » Un silence, puis il se replonge dans les pages du manuscrit. Je ne sais que dire. Tant de défaites et d'illusions perdues. Ma défaite est là : cette parole qui m'est adressée tombe comme une pierre au fond d'un puits. Je me penche et je vois les cercles s'agrandir dans l'eau. Point d'écho. Ma mère, inquiète, pose la question : « Tu vas repartir encore ? » Suis-je jamais parti ? Je me suis absenté de la maison, de la rue et du pays. Mais tout me poursuit. Je suis hanté par la lumière qui baigne chaque pan de mur. Le pays n'est pas dans ma valise ; il est à sa place, inamovible, présent dans chacune de mes paroles, dans mes gestes, dans mes illusions. Je ne parle pas de souvenirs. Ce pays ne se réduit pas à cet état de choses. Comme un songe qui se poursuit le jour jusqu'à rejoindre de nouvelles nuits. Une cabane secrète cachée par des feuillages dans une forêt dense. Une barque abandonnée pas loin de l'horizon.

Mon père lève les yeux du manuscrit et me regarde, attendant la réponse. Il ne se fait pas beaucoup d'illusions. Quand il partit rejoindre les rangs de la guérilla du Rif, sa mère, longtemps sans nouvelles de lui, eut ce qu'il appelle « la fièvre de l'absence », une forte fièvre qui résista à tous les médicaments. Elle en mourut.

A présent, il me fixe avec une grande tendresse, puis me dit : « J'ai trouvé une petite maison pour toi. »

Une journée d'hiver bien froide et très déprimante. La maison n'est pas chauffée. On me donne une couverture. Je la trouve humide. J'ai froid. Je frissonne. Je ne me sens pas bien. J'ai envie de me lever et partir. A quoi bon ? Non, il faut rester. Ma mère ne comprend pas pourquoi je tremble. Elle me prépare une soupe de légumes. Je vois l'enfant fragile, l'enfant malade. Elle me dit : « Là-bas, tout est chauffé... mais tu as oublié... avant tu n'avais jamais froid... »

Une journée sans lumière. Le vent d'est a balayé la ville ; il a apporté un peu de sable sur le boulevard Pasteur. Je me lève sans boire le bol de soupe et sors. Je m'installe au Café de Paris et j'essaie de penser. Ce café a une odeur particulière : plusieurs parfums étranges et extravagants mêlés donnent à ce lieu vitré une puanteur, à la limite du supportable, qui impose un retour en arrière, une petite nostalgie que je devine et qui remplit les longues journées des habitués.

Je regarde, assis dans un coin où il peut être vu, un

179

vieil Anglais qui aurait tout quitté il y a vingt ans pour les yeux noirs et le corps svelte d'un adolescent cireur de chaussures. Le vieil homme est digne. Il boit à petites gorgées un café au lait dans un grand verre et croise les bras comme pour se livrer à un interrogatoire. Tout le monde ici connaît son histoire. Son amour fou a certainement embelli sa vie mais il a détruit sa carrière et atteint un peu son équilibre psychique. On dit que le beau cireur a ouvert un bar à Londres et qu'il vit avec une starlette du cinéma anglais. Le vieux revient tous les jours au Café de Paris, s'installe au même endroit où il y a des années, un jour d'été, il s'était fait cirer ses chaussures. Il attend. Il espère que son ami reviendra un jour. Il parle très peu et ne dérange personne.

Le café se vide à l'heure de la sieste. Je reste là, au seuil d'un exil, telle une lumière opaque, une porte lourde qu'il faut pousser de toutes mes forces. Derrière, je redécouvrirais une ville, un visage et un peu de brume. La ville serait une interminable ruelle basse à peine éclairée où des vieillards aveugles marcheraient derrière un cercueil vide. Je suivrais le défilé jusqu'à la sortie de la cité. Là, le temps aurait ménagé une place où on viendrait vendre ses derniers biens : une chemise, une djellaba, des babouches, une paire de ciseaux rouillés, et surtout une vieille machine à écrire. Je m'assiérais par terre, je croiserais les jambes et j'attendrais la venue du conteur qui aurait besoin d'un écrivain public.

Le visage serait voilé de brume. Seules les mains baguées s'approcheraient de mes épaules pour s'y poser et me tirer lentement vers un monticule de chaux vive où mon corps se laisserait choir sans périr.

Le visage serait une voix familière, un chant dans le rêve du rêve, une habitude secrète, une phrase tirée d'un manuscrit perdu et retrouvé.

Dans le café, le vieil Anglais est toujours à sa place, comme une statue que rien ne change, et moi, à l'autre bout de la salle, les mains sur la table, je m'apprête à me lever et à partir. Mais je sens qu'une espèce de corde ou une ficelle forte me retient, pas dans ce café mais ailleurs, une ville familière dont j'ai oublié le nom, une rue connue et qui m'apparaît comme un labyrinthe ou un piège. J'ai du mal à respirer ; je sens mes jambes lourdes. Ma tête est très légère ; un simple coup de vent risque de l'emporter. Je me lève, titube un peu, je vois mon père traverser la place pour prendre la rue de Fès. Il rentre à la maison. Je le suis. Il devient mon guide. Je regarde son dos et repense à sa jeunesse dans le maquis. Je devine ses pensées. A l'entrée de notre ruelle je le rejoins. Il me parle de la petite maison. En fait elle est grande. Une façon de me demander quand j'allais me marier et avoir des enfants. Il n'a jamais osé m'en parler. Il en souffre un peu. Je resterai à ses yeux un homme incomplet, un destin inachevé. Il me le fait savoir par l'assemblage de quelques proverbes. La maison est moins froide. Je m'installe dans ma chambre. Je regarde les livres entassés, mal rangés. Ma valise est par terre. Elle est encore fermée.

Tanger est ainsi : un livre inachevé. Une ville sans famille, sans foyer, livrée aux brigands à l'âme tendre, laissée à elle-même, dans une nudité troublante et équivoque, prise dans l'ambiguïté d'une nuit sans fin, avec, juste pour narguer ceux qui se prennent au sérieux, une écharpe mauve en soie autour du cou, flottant au vent. Je suis revenu à ce lieu pour faire le propre dans une vie sans grandes certitudes. Mais j'ai froid et je n'ose pas ouvrir ce cahier bleu — une sorte de longue lettre écrite sous mes yeux entre Khania et Athènes. Pourquoi être rentré au pays sans avoir entendu la voix de la femme aimée ? Je lui ai dit : « Rentre à Xios, ton île natale ; moi je reviens sur mes pas. » Je me sens traqué par l'ombre que fait mon propre corps ; elle n'est en fait que l'ombre d'une silhouette fragile qui me poursuit, pèse sur les épaules, me parle et me dicte ce que je dois écrire. Le problème du double serait simple et même commode s'il se présentait à nous avec le visage du songe et la voix de l'absent. Hélas, il n'a ni voix ni visage, mais l'immense présence, encombrante et perverse, de soi. De ma main gauche, je repousse cette présence. Je la sens froide dans cette pièce où tout risque de s'écrouler, et j'ouvre le cahier où je vois d'abord un dessin : une main ouverte, les doigts écartés, avec, incrusté dans la paume, un œil ouvert surmonté d'une petite étoile. Je tourne cette première page et je lis : « Notre rencontre s'est faite à l'insu du Destin. » Cette phrase est barrée. En dessous d'un espace blanc, je lis :

Je suis allée vers toi, sans toucher le sol, portée par le désir de voir l'inconnu. Je revenais d'une tournée dans le nord de la Grèce. Je toussais et j'avais bu toute une bouteille d'ouzo. C'était un jour sans pensée, une espèce d'absence au monde et à moi-même. J'attendais d'être réveillée par une voix jamais entendue. C'était presque un jeu, une façon de rendre l'oubli palpable. Tu m'as raconté des histoires. Je t'écoutais comme une enfant, émue et impatiente. Tu n'as gardé aucune histoire pour une autre fois. Je te regardais les dire et je remarquai que tes yeux bougeaient sans cesse. Ils ne se fixaient sur rien ; ils étaient en fuite ; tu devais cacher quelque chose, une gêne, une angoisse.

Aujourd'hui que je te parle, je pense tout te dire. Mon âme te parle et ne te juge point. Tu me donnes la forte impression que tu es en dehors de ton corps. Tu es parti de ton corps. Quand tes mains me touchent, quand elles me caressent, je ne sens pas la présence de ton corps. Seuls tes yeux sont vivants ; ils sont là, présents, mobiles, inquiets. Ton corps, je ne sais où tu l'as mis, où tu l'as caché. Ça, je te l'avais dit le premier jour quand j'ai pris ta main et naïvement je t'ai demandé : « Mais où es-tu ? » Le corps est là, visible, mais dedans il n'y a pas de vagues. Il ne s'y passe rien. C'est tout le temps calme ; même quand il t'arrive de t'énerver, ça ne dure pas longtemps. Tu caches l'agitation produite par les nerfs et tu rejoins ta tranquillité comme une vieille compagne. Ce calme m'angoisse. Ton corps est une maison vide, une demeure abandonnée. Je sais de quoi je parle puisque j'y ai habité. Cela fait longtemps que tu n'y as pas mis les pieds. En fait, c'est parce que moi j'habite ton corps ou plutôt parce que tu n'y habites pas, que tu ne peux pas vraiment m'aimer, que tu ne pourras jamais aimer. Je pense que seule la maladie saura te contraindre à réintégrer ton corps...

Par la fenêtre, j'aperçois un rayon de lumière vive, une espèce de raie dans le ciel, envoyée de loin par l'être passionné. J'interromps ma lecture et observe le reflet de cette clarté brève mais intense sur les feuilles mouillées du jardin. Et je palpe mon corps. Un sentiment où se mêlent l'inquiétude, la curiosité et l'attente. Étrange ! Je n'ai jamais prétendu avoir une bonne connaissance de moi-même. Je ne me suis jamais arrêté assez longtemps devant ce corps ni pour le regarder ni pour le mettre à l'épreuve du doute et de l'absence.

Je me lève, fais quelques pas dans la maison. Tout est calme. Mon père s'est assoupi, son manuscrit du XIXe siècle ouvert. Ma mère fait sa prière de l'après-midi. Les objets sont à leur place. Rien ne bouge. Un chat traverse en courant le jardin. Je reviens à la chambre. Je bute sur la valise. Le cahier bleu est posé sur le bord du lit. Je tourne la page et j'entends la voix chaude qui relit la lettre avant de l'envoyer :

Il faut que je te dise, moi qui suis née sur une île, je suis plus torturée par l'ombre du soleil que par le soleil lui-même ; c'est le noir et non sa lumière qui me préoccupe. Quand la lumière est trop vive, elle efface tout comme le noir. Entre la lumière et les ténèbres apparaissent des choses : fleurs fanées, os cassés, étoiles déchues. C'est comme si j'étais en train de mourir, et je salue les maisons ouvertes, les maisons étrangères, la maison de mes parents, l'arbre où mon père avait accroché tous ses objets précieux, mes amis lointains, ma mère que je connais si peu et si mal. Je quitte le monde. Le ciel se perd dans le miroir de la mer. Et toi, que ne viens-tu avec une feuille d'un arbre familier, une feuille pour moi ? Tu m'apporteras tes mots infinis. Si un jour tu abandonnes tes habitudes, tu secoues tes membres, et tu ne trouves pas quoi dire, alors tu ne seras pas loin de moi, loin de l'amour.

Écoute-moi : je vais creuser un trou au fond de la terre ; je me mettrai dedans et je t'appellerai pour te dire un grand et joli secret. Alors, si tu peux, tu me rejoindras. A toi de creuser ton trou aussi profond que le mien.

M'entends-tu ? Pourquoi as-tu fait escale dans cette durée qui m'enveloppe et m'encombre ? J'ai trop parlé. Je ne sais plus ce que je dis. Je me sens comme un panier. Un panier vide.

Encore un mot : à force de remplir la vie et le corps des personnages que tu inventes pour écrire, tu as perdu la chair et la terre de ton corps. Tu vis peut-être dans leur univers, mais tu ne vis pas ta propre vie. Moi, je vis pour toi. C'est fatigant. Ton corps, tu devrais aller le chercher dans une bibliothèque poussiéreuse ; tu le trouverais peut-être, froid, coincé entre deux gros volumes d'une quelconque encyclopédie !

Je suis arrivé hier, et j'ai déjà envie de repartir. Le silence s'alourdit. J'essaie de m'endormir mais je pense au jour où cette maison sera vide, où le jardin sera abandonné, ses feuillages seront secs et jaunis, où des mains étrangères viendront abattre l'arbre. Je vois une à une les pièces désertes et les objets entassés dans un coin, le tapis enroulé posé en travers, les rideaux arrachés ou déchirés. Ma pensée traverse le couloir et j'ai un sentiment de honte et de peur. Comment oser penser à ce lieu privé de vie ? L'angoisse a quelque chose de pervers.

Pourquoi suis-je venu poser ma tête sur un oreiller humide ? Pourquoi ai-je pris le chemin froid et sombre d'un nouvel exil ? L'hiver enveloppe l'âme de cette ville d'une épaisse couche de terre grise. Tanger se donne ainsi à la nuit et aux ténèbres, comme pour séduire la mort.

Rentrer chez soi et mourir.

Je ne cesse de rentrer chez moi pour ne pas mourir. Le pays me manque partout où je vais et quand j'y retourne je ne fais qu'arpenter le long chemin de l'hiver, cherchant une issue dans le labyrinthe, une porte qui donne sur un espace nu, blanc, à l'écart de la pensée et du souvenir.

Je dois avoir un peu de terre dans mes poumons. C'est ce qui me fait vivre et rend ma respiration difficile. Le pays que je connais et celui que je devine s'étalent dans mon corps avec une tendresse inégale. Les montagnes m'intimident ; les plaines m'intriguent ; les arbres me fascinent ; la lumière me rappelle à la terre. Il arrive que les hommes sans terre descendent dans les grandes avenues, précédés d'enfants, meurent sous les balles des fusillades. Le pays est ainsi ; il est à l'image de ces immenses bidonvilles coupés en deux par une autoroute. Frappés, défigurés jusque dans leur misère, ces hommes et ces femmes continuent d'aller d'un bidonville à l'autre en traversant le bitume, laissant parfois leur corps meurtri sur le bord de la route comme s'ils étaient des chiens à écraser.

Le Destin a dû user beaucoup de nattes à prière sur lesquelles on a entassé ces corps affamés et qui avaient un à un quitté la terre sèche pour venir mendier n'importe quoi à l'entrée de la grande ville. Le Destin c'était le ciel avare et des hommes à la merci d'autres hommes.

Je suis à ma table, en face de la grande fenêtre. J'aperçois à travers les branches et feuillages le mur de la ruelle. Sur le mur, des enfants ont dessiné la guerre avec un morceau de charbon. Un avion qui jette des hommes. La terre est trouée. Des corps sont étalés et des oiseaux volent au-dessus. A côté un dessin, probablement fait par les mêmes gamins, représente un corps sans bras, sans jambes, avec un pénis énorme et cette inscription : « l'amor est un serpan qui glice antre les cuisses » !

Nous sommes à table, mon père mange en silence. Ma mère me regarde. Soudain on entend dans la rue : « Vagin de ta mère ! » « Mes couilles, rideau sur tes yeux ! » « Tu donnes ton cul et moi je n'en veux pas ! » « Tiens, prends ça ! » Je fais semblant de ne rien entendre. Mon père se lève et ferme la fenêtre. Ma mère allume la radio. Moi je souris.

A Fès, quand il y avait une bagarre, on me choisissait comme arbitre et juge, à cause de mon état encore fragile d'enfant malade. Je comptais les points et je séparais les belligérants. C'était à ce moment-là que fusaient les insultes. A celui qui en dirait le plus et qui irait le plus loin dans l'audace. J'aimais bien crier dans la rue déserte toutes les insultes où sexe, religion et parents étaient mêlés.

Il m'arrive encore de penser à Fès comme on pense à

un parent disparu. Ce n'est même pas un souvenir, une espèce de fatalité, une image effacée par le temps. La ville s'est déplacée. Reste le cimetière de Bab Ftouh. Des silhouettes passent à la recherche d'une tombe anonyme. Elles y déposent une branche de laurier et récitent une sourate.

XVI

J'aimerais après ma mort être une mer très bleue qui viendrait s'installer au milieu du Sahara et que les gens viennent vivre autour de cette mer très bleue, vivre et faire vivre cette mer. Rien qu'à penser cela, j'ai de la joie !

Elle m'avait murmuré ce désir à l'oreille après un long silence, le temps de suivre la lente descente du soleil dans la ligne mauve et rouge peinte sur la mer de Crète. Le petit port de Khania était calme, reposé, inhabité. C'était la fin de l'automne. Les cafés, bars et restaurants pour touristes étaient vides et tristes. La ville se retire ainsi pendant une saison pour se retrouver, se laver et se débarrasser de quelques mauvais souvenirs.

Je partis seul faire un tour. Je vis beaucoup de maisons dites d'été abandonnées, fermées sur un mystère dont personne ne voulait. Je repensai à cette absence qu'on me reproche souvent. Je serais une de ces maisons aux persiennes closes.

J'avais fait ce voyage pour comprendre. Or l'amour est une grâce avec des fois une couche de ténèbres. Il y avait entre nous les flots de paroles et des silences.

J'étais toujours au même point de doute, d'incertitude et d'angoisse. Je sens cette fois-ci, plus que les autres fois, que ma manière d'aimer est exaspérante, elle provoque des réactions d'hostilité et même d'agression ; elle perturbe le rythme, agace et rompt le désir d'harmonie. Et pourtant je ne fais rien pour cela. « Justement, me dit-elle, ton innocence a quelque chose de scandaleux ! »

Je remplis des livres en vidant mon corps. Parfois quand je marche je sens que mes pensées me devancent. Je me penche en avant comme si j'étais tiré par une corde. C'est pour cela que je me tiens mal. Des fois je deviens une pensée ; j'avance dans la rue, oubliant derrière moi mon corps devenu silhouette, une ombre qui s'éteint lentement. Je m'arrête et l'observe. Je le regarde en train de s'évanouir, en train de passer d'un état à un autre, d'une présence à peine perceptible à une absence, une transparence.

Ce va-et-vient entre moi et l'autre est à l'origine de mes maux : maux de tête et de cœur ; fatigue et vertige.

J'étais perdu dans ce tourbillon — ce que devait être une retraite — quand mon corps se fixa en un lieu et s'emplit d'une obsession : sous le sein gauche, il y avait une petite boule. Je la palpais et je sentais perler en moi les sueurs de la panique. Il n'y avait plus de doute : j'avais bien regagné mon corps, cette demeure souvent abandonnée. La peur réussit à installer la mort dans mes yeux. Mon regard se portait au-delà de l'horizon. Je voyais les gens autour de moi vivre et surtout rire. Ma tête fut tout d'un coup pleine de cet avenir avec lequel je ne pouvais plus compter. Le plus dur fut le brusque bouleversement dans la perception du temps. L'espace comptait peu. Il n'existait plus. Être ici ou là, être chez soi ou ailleurs, avoir une patrie ou en être privé, tout cela n'avait plus d'importance. Plus rien n'était à sa place, ou plutôt chaque chose était bien à sa place, sauf moi. Pour la première fois peut-être je devins prisonnier de mon corps. Il me retenait et me rappelait en permanence à la pierre. Moi qui avais pris l'habitude et la liberté de le contourner, moi qui l'avais rangé dans la tranquillité satisfaite où les choses s'accumulaient toutes seules, je fus confronté tout d'un coup à sa présence, encombrante, douloureuse. Être malade, n'est-ce pas une façon aiguë d'être présent au monde, une façon de creuser un trou pour voir si les racines y sont bien vives ? C'est une célébration du corps, un corps rendu à lui-même avant qu'il soit rendu à la terre humide, mouillée par une rosée douce. Un être atteint est un corps qui s'approche de la terre. Il est aspiré par elle. Il est tiré vers les pierres qui se poussent pour lui laisser un passage, une petite place où se poser. Il faut aimer la terre, respecter ses mouvements et ses humeurs qui donnent aussi bien la vie que ce qui l'annule.

Je fus alors touché par la grâce. Transformé, rendu à moi-même, je découvris l'ironie, la beauté de la vie et l'euphorie de l'amour. Un être malade ne doit pas être triste. Il peut être désespéré ou même indifférent : c'est là la limite extrême du renoncement, ascèse suprême et dernier état du jeu et de l'ambiguïté qui nargue la mort et la retourne à l'envoyeur. On pourrait d'ailleurs s'amuser à la raccompagner, la ramener au seuil de la trappe ouverte par le destin. Et l'amour devient fort, puissant, absolu. Quant à la folie, c'est un moindre risque. C'est l'habitude de ceux qui se sont employés à se préserver, à vivre selon la mesure, dans les limites du raisonnable, ceux qui ont encadré leur vie dans le convenable, l'étroitesse et la prudence. Ainsi l'amour envahit mon corps malade — ou supposé tel — et redonna à mon souffle un regain d'exigence et de vie.

Ce fut une période faste et tumultueuse. J'oubliai vite la maladie — une erreur due à l'excès d'angoisse — et compris que le moment de mettre fin à l'errance des corps était arrivé.

En me levant ce matin, j'ai repensé à l'émotion et à l'inquiétude du poète qui se demande « si l'on va pouvoir reconnaître la vie (...) s'il reste quelque part un miroir de secours/où l'on cesserait enfin de se voir/où l'on verrait plus loin que soi ».

C'est peut-être pour cela que je suis rentré à la maison regarder se dérouler, avec le rythme lent et précis de l'habitude, le cérémonial infini d'une vie sereine, vouée aux travaux quotidiens et à l'amour possessif pour un fils qui ne prend jamais le temps de s'asseoir sur la rive du fleuve qui charrie des mains ouvertes aux lignes visibles et qui disent le bonheur présent dans d'autres mains.

J'essaie d'être présent dans cette maison familiale où rien ne se passe. On entend les bruits de la ville. On les confond avec ceux des vagues. Je suis frappé d'immobilisme. Mon corps est figé, ficelé par des mains que je sens mais ne vois pas. On dépose sur mon ventre un âne endormi, l'œil ouvert, la gueule ouverte. J'essaie de le repousser. Il est mort. Il pue. J'étouffe. Je veux crier. Aucun son ne sort de ma voix. J'arrête ma respiration le plus longtemps possible. Mes mains sont glacées, mon front est chaud et le regard trouble. L'âne glisse lentement et tombe du lit. Je me sens léger. J'essaie de me lever mais des cordes m'enchaînent. Je respire mieux. Une vague très haute m'ensevelit. Je bois l'eau salée de la mer. Je descends au fond. Je me dépose comme une chose lourde sur des cristaux et des algues. Je remonte à la surface de l'eau et une autre vague me jette sur le sable. Je me relève, mes vêtements collent à ma peau. En marchant je manque plusieurs fois de tomber. La plage est déserte. Le ciel est bas. L'horizon est tout proche. Je m'assieds sur un banc à côté d'une jeune femme. Je reconnais ses mains mais pas son visage. Elle me fait signe de la suivre. Je marche à ses côtés dans les rues désertes de Tanger. Tout le monde dort encore. Seuls des dockers, le corps plein de sommeil, entrent au port. Nous traversons le Petit-Socco, la rue Siaghine, le Grand-Socco, la rue de la Liberté, la place de France, le marché aux bœufs, Sidi Boukhari, Ouad Lihoud. Nous passons par un champ, puis une piste, et nous entrons dans une petite cabane au fond du cimetière des chiens. La jeune femme me déshabille et me donne une djellaba en laine marron. Elle prépare du thé et un peu de ma'joun. Nous buvons et mangeons les macarons de l'évasion et du rire. Nous ne nous parlons pas. Son visage change. Il devient reconnaissable. C'est peut-être l'effet du ma'joun. Je ris. Son expression est sévère. Je sens que je suis tombé entre des mains familières, celles d'un passé pas très lointain. Je suis piégé. Je crois qu'il va falloir parler, dire quelque chose, peut-être même rendre des comptes. Elle remarque l'inquiétude sur mon visage. Elle décide de parler. Sa voix douce m'atteint et me fait mal. Elle n'a pas changé. Elle parle lentement. Elle chante ou murmure. Elle me dit en posant sa main sur mon épaule : « Je suis toujours celle qui te quitte et qui revient. Je te connais bien. Je t'ai fait en amour. Je suis allée te chercher au détour d'un rêve ou d'un cauchemar, je ne sais plus. Le temps a passé et rien n'a changé. Tu as voyagé. Tu as écrit. Mes sentiments ont toujours le même trouble, la même ambiguïté. Je suis souvent partie loin de mon corps. Je l'ai retrouvé le temps d'une passion qu'un mariage a détruite. Touche mes seins ; ils sont lourds et fermes comme au premier jour de notre rencontre au cimetière. Mon père est mort et j'ai retrouvé ma mère. Elle vit seule dans une petite maison de la médina. Je continue d'écrire et de tenir mon journal. Au collège j'apprends à des adolescents la poésie, l'amour de la poésie, la passion du mystère et du secret ; je leur lis des pages du mystique Ibn Arabi et même d'Al Hallaj. Ils ouvrent de grands yeux. Ici, c'est mon refuge. J'y viens avec d'autres femmes pour méditer et oublier. Il paraît que tu as raconté notre histoire. Je crois que c'est une erreur. Les belles histoires ne se divulguent pas. Elles doivent rester entourées d'un grand secret. Peut-être que notre amour n'est pas une belle histoire. A présent plus personne ne se souvient de nous. Seuls les morts du cimetière où nous nous embrassions... Tiens ! il fait jour. Je dois partir. Je te reconduis à ta rue. Ce sera sans doute un rêve moins troublant. »

Elle a chanté avant de quitter la cabane. Sa voix est très émouvante. J'ai eu les larmes aux yeux. Ma première fiancée est toujours belle et énigmatique. Sa peau, douce, très mate, est chaude. Ses yeux noirs sont pleins d'une mélancolie infinie. Lorsque nous sommes arrivés à la rue de Fès, elle me dit : « Adieu mon ami ! Nous nous retrouverons sur une autre rive. Sois bien et écris, écris de belles choses, plus belles que la vie. Si tu ne peux, viens me voir, je te raconterai notre histoire ; je te chanterai notre amour... »

C'est ainsi ! On tourne une page comme on soulève une pierre. Ce que l'on découvre est rarement quelque chose d'étrange. C'est la peur qui embellit les retrouvailles quand elles sont faites de longs silences et qu'elles se confondent avec les états d'âme d'une ville dépossédée de ses rêves.

Le pays me manque partout où je vais.
Je monte sur une colline et j'étends mon regard. Une lumière brutale m'éblouit. Ce que je vois est blanc. Nu et semblable. Une suite de terrasses qui s'emboîtent à l'infini. Du linge blanc sèche sur des cordes. Une femme au caftan ouvert traverse lentement une des surfaces. Un garçon court vers elle et se blottit entre ses jambes ; il place sa tête contre son bas-ventre. La femme lui caresse les cheveux.
Le pays se dissimule sous ces terrasses blanchies à la chaux. Le pays ou la mémoire. La terre natale et le retour.
Cette colline est située en haut de la vieille montagne à Tanger ; et ce sont les terrasses de Fès que je vois. Je pense que la femme que j'ai aperçue tout à l'heure est Loubaba. Je l'ai reconnue à sa façon de marcher. Une ville s'est confondue avec une autre. Des images se sont

superposées. Une même ambition m'habite : je ne confonds que ce que j'aime. Je ne rêve que de ce qui me manque. A ces instants de trouble, trouble de la vision et du souvenir, je prononce quelques versets en arabe ; des phrases s'assemblent dans un autre alphabet sur la page. Voilà qu'un paysage lointain fait de toits gris se mêle à cette vision. Une lumière de crépuscule l'isole.

Je m'assieds à la terrasse de ce café maure, en haut de la ville ; je regarde pour mieux discerner ces images. Les terrasses sont toujours là. Ce sont à présent des visages qui passent, s'assemblent, s'annulent et reviennent. Le visage de l'aimée sur front de brume, telle la patrie changeante, le pays errant, la main posée sur la bouche de l'inconnue pour garder un secret, un corps s'enlaçant lui-même, et cette voix qui chante une mélodie de l'enfance est soudain interrompue par l'appel à la prière du soir lancé du haut de son balcon par le cafetier. On dégage les tables et étale les nattes et tapis. Les hommes se mettent en rang et prient. Je ne bouge pas de ma chaise et continue de regarder la ville. Mes images se sont toutes estompées, effacées par la volonté du muezzin. Une main se pose sur mon dos. L'homme encore jeune me fait signe de la tête de rejoindre le rang. Je me tourne et lui montre l'épaisse couche de brume qui enveloppe la ville. Il recule, déçu, et me laisse en paix. De nouvelles images viendront me prendre dans la fantaisie de leur voyage. Les terrasses sont à présent noyées. Les collines se sont posées au fond comme pour rappeler que sous la couche blanche il y a la ville et le souvenir.

Où suis-je en cette fin d'après-midi d'hiver ?

Quel chemin emprunter pour rentrer chez moi ?

Suis-je à Fès à l'époque où la ville avait des portes dans les murailles et que le veilleur de nuit et des murs — un maître potier — fermait une à une, gardant précieusement sur lui les clés ?

Suis-je à Tanger à l'époque où plusieurs nations l'occupaient, faisant d'elle un repère de brigands, un lieu pour l'énigme, le jeu et le trafic des âmes ?

Suis-je à Xios, cette île dont je devine les couleurs, la lumière et l'histoire ; cette île que j'ai vue dans les yeux émus de la femme que j'aime ; Xios à la mémoire froissée, fermée sur ses trésors et ses morts violentes ?

Suis-je à Beyrouth juste avant les guerres, au moment où la ville s'éveillait avant le soleil pour s'habiller de magie et offrir à ses enfants un ciel de couleurs d'où pendait un manteau criblé de balles ?

Suis-je à Médine après le départ de tous les pèlerins ?

Je suis dans la nuit et je ne sais plus mon chemin. Je sais qu'il faudra descendre. Un escalier ou une pente. Je ne vois rien. J'ai froid. Le café a fermé. Personne ne passe par là. Je suis seul, isolé, entouré de ténèbres et je ne suis pas triste. Je me retrouve comme aux premières années où la maladie m'avait installé dans le couffin. Je peux rêver à présent et convoquer à n'importe quelle heure les images folles et belles pour me soustraire un temps à la douleur et à l'approche de la mort. Je vais passer la nuit sur cette chaise, sans fermer les yeux, sans appeler au secours. J'attendrai, enchaîné à moi-même, débarrassé de mon ombre, avec un visage que je sais serein et un cœur réconcilié avec le pays intérieur, la terre qui respire, vit et avance. J'attendrai jusqu'à ce qu'apparaisse avec l'aube le visage de l'aimée, le seul qui sache me ramener chez moi, partout où mes pieds nus sont réchauffés par les pierres de l'île, partout où ce visage dément le désespoir de vivre, et sur ses mains naissent les étoiles du matin.

Khania-Tanger-Paris
décembre 1981-décembre 1982.

Harrouda
roman
Denoël, « Les lettres nouvelles », 1973
« Relire », 1977
« Médianes », 1982

La Réclusion solitaire
roman
Denoël, « Les lettres nouvelles », 1976
Seuil, « Points », n° P 161

Les amandiers sont morts de leurs blessures
poèmes
prix de l'Amitié franco-arabe, 1976
Maspero, « Voix », 1976
Seuil, « Points », n° P 543

La Mémoire future
Anthologie de la nouvelle poésie du Maroc
Maspero, « Voix », 1976 (épuisé)

La Plus Haute des solitudes
essai
Seuil, « Combats », 1977
et « Points », n° P 377

Moha le fou, Moha le sage
roman
prix des Bibliothécaires de France
et de Radio Monte-Carlo, 1979
Seuil, 1978
et « Points », n° P 358

À l'insu du souvenir
poèmes
Maspero, « Voix », 1980

La Prière de l'absent
roman
Seuil, 1981
et « Points », n° P376

Hospitalité française
Seuil, « L'histoire immédiate », 1984 et 1997
(nouvelle édition)
et « Points Actuels », n° A 65

La Fiancée de l'eau
théâtre, suivi de
Entretiens avec M. Saïd Hammadi, ouvrier algérien
Actes Sud, 1984

L'Enfant de sable
roman
Seuil, 1985
et « Points », n° P7

Jour de silence à Tanger
récit
Seuil, 1990
et « Points », n° P160

La Nuit sacrée
roman
prix Goncourt
Seuil, 1987
et « Points », n° P113

Les Yeux baissés
roman
Seuil, 1991
et « Points », n° P359

Alberto Giacometti
Flohic, 1991

La Remontée des cendres
suivi de
Non identifiés
poèmes
Édition bilingue,
version arabe de Kadhim Jihad,
Seuil, 1991
et « Points », n° P 544

L'Ange aveugle
nouvelles
Seuil, 1992
et « Points », n° P 64

L'Homme rompu
roman
Seuil, 1994
et « Points », n° P 116

La Soudure fraternelle
Arléa, 1994

Poésie complète
Seuil, 1995

Le premier amour est toujours le dernier
nouvelles
Seuil, 1995
et « Points », n° P 278

Les Raisins de la galère
roman
Fayard, « Libres », 1996

La Nuit de l'erreur
Seuil, 1997
et « Points », n° P 541

Le Racisme expliqué à ma fille
document
Seuil, 1998
nouvelle édition, 1999

L'Auberge des pauvres
Seuil, 1999
et « Points », n° P 746

Le Labyrinthe des sentiments
Stock, 1999
et « Points », n° P 822

Cette aveuglante absence de lumière
Seuil, 2001

GROUPE CPI

Achevé d'imprimer en avril 2001 par
BUSSIÈRE CAMEDAN IMPRIMERIES
à Saint-Amand-Montrond (Cher)
N° d'édition : 32663-3. - N° d'impression : 011945/1.
Dépôt légal : octobre 1996.
Imprimé en France

Collection Points

DERNIERS TITRES PARUS

P771. Le Tour de France n'aura pas lieu, *par Jean-Noël Blanc*
P772. Sharkbait, *par Susan Geason*
P773. Vente à la criée du lot 49, *par Thomas Pynchon*
P774. Grand Seigneur, *par Louis Gardel*
P775. La Dérive des continents, *par Morgan Sportès*
P776. Single & Single, *par John le Carré*
P777. Ou César ou rien, *par Manuel Vázquez Montalbán*
P778. Les Grands Singes, *par Will Self*
P779. La Plus Belle Histoire de l'homme
       par André Langaney,
       Jean Clottes, Jean Guilaine et Dominique Simonnet
P780. Le Rose et le Noir, *par Frédéric Martel*
P781. Le Dernier Coyote, *par Michael Connelly*
P782. Prédateurs, *par Noël Simsolo*
P783. La gratuité ne vaut plus rien, *par Denis Guedj*
P784. Le Général Solitude, *par Éric Faye*
P785. Le Théorème du perroquet, *par Denis Guedj*
P786. Le Merle bleu, *par Michèle Gazier*
P787. Anchise, *par Maryline Desbiolles*
P788. Dans la nuit aussi le ciel, *par Tiffany Tavernier*
P789. À Suspicious River, *par Laura Kasischke*
P790. Le Royaume des voix, *par Antonio Muñoz Molina*
P791. Le Petit Navire, *par Antonio Tabucchi*
P792. Le Guerrier solitaire, *par Henning Mankell*
P793. Ils y passeront tous, *par Lawrence Block*
P794. Ceux de la Vierge obscure, *par Pierre Mezinski*
P795. La Refondation du monde, *par Jean-Claude Guillebaud*
P796. L'Amour de Pierre Neuhart, *par Emmanuel Bove*
P797. Le Pressentiment, *par Emmanuel Bove*
P798. Le Marida, *par Myriam Anissimov*
P799. Toute une histoire, *par Günter Grass*
P800. Jésus contre Jésus
       par Gérard Mordillat et Jérôme Prieur
P801. Connaissance de l'enfer, *par António Lobo Antunes*
P802. Quasi objets, *par José Saramago*
P803. La Mante des Grands-Carmes, *par Robert Deleuse*

P804. Neige, *par Maxence Fermine*
P805. L'Acquittement, *par Gaëtan Soucy*
P806. L'Évangile selon Caïn, *par Christian Lehmann*
P807. L'Invention du père, *par Arnaud Cathrine*
P808. Le Premier Jardin, *par Anne Hébert*
P809. L'Isolé Soleil, *par Daniel Maximin*
P810. Le Saule, *par Hubert Selby Jr.*
P811. Le Nom des morts, *par Stewart O'Nan*
P812. V., *par Thomas Pynchon*
P813. Vineland, *par Thomas Pynchon*
P814. Malina, *par Ingeborg Bachmann*
P815. L'Adieu au siècle, *par Michel Del Castillo*
P816. Pour une naissance sans violence, *par Frédérick Leboyer*
P817. André Gide, *par Pierre Lepape*
P818. Comment peut-on être breton?, *par Morvan Lebesque*
P819. London Blues, *par Anthony Frewin*
P820. Sempre caro, *par Marcello Fois*
P821. Palazzo maudit, *par Stéphanie Benson*
P822. Le Labyrinthe des sentiments, *par Tahar Ben Jelloun*
P823. Iran, les rives du sang, *par Fariba Hachtroudi*
P824. Les Chercheurs d'os, *par Tahar Djaout*
P825. Conduite intérieure, *par Pierre Marcelle*
P826. Tous les noms, par José Saramago
P827. Méridien de sang, *par Cormac McCarthy*
P830. Pour que la terre reste humaine, *par Nicolas Hulot,
      Robert Barbault et Dominique Bourg*
P831. Une saison au Congo, *par Aimé Césaire*
P832. Le Manège espagnol, *par Michel del Castillo*
P833. Le Berceau du chat, *par Kurt Vonnegut*
P834. Billy Straight, *par Jonathan Kellerman*
P835. Créance de sang, *par Michael Connelly*
P836. Le Petit reporter, *par Pierre Desproges*
P837. Le Jour de la fin du monde…, *par Patrick Grainville*
P838. La Diane rousse, *par Patrick Grainville*
P839. Les Forteresses noires, *par Patrick Grainville*
P840. Une rivière verte et silencieuse, *par HubertMingarelli*
P841. Le Caniche noir de la diva, *par Helmut Krausser*
P842. Le Pingouin, *par Andreï Kourkov*
P843. Mon siècle, *par Günter Grass*
P844. Les Deux Sacrements, *par Heinrich Böll*
P845. Les Enfants des morts, *par Heinrich Böll*

P846. Politique des sexes, *par Sylviane Agacinski*
P847. King Sickerman, *par George P. Pelecanos*
P848. La Mort et un peu d'amour, *par Alexandra Marinina*
P849. Pudding mortel, *par Margarety Yorke*
P850. Hemoglobine Blues, *par Philippe Thirault*
P851. Exterminateurs, *par Noël Simsolo*
P852. Une curieuse solitude, *par Philippe Sollers*
P853. Les Chats de hasard, *par Anny Duperey*
P854. Les Poissons me regardent, *par Jean-Paul Dubois*
P855. L'Obéissance, *par Suzanne Jacob*
P856. Visions fugitives, *par William Boyd*
P857. Vacances anglaises, *par Joseph Connolly*
P858. Le Diamant noir, *par Peter Mayle*
P859. Péchés mortels, *par Donna Leon*
P860. Le Quintette de Buenos Aires
       par Manuel Vázquez Montalbán
P861. Y'en a marre des blondes, *par Lauren Anderson*
P862. Descente d'organes, *par Brigitte Aubert*
P863. Autoportrait d'une psychanalyse, *par Françoise Dolto*
P864. Théorie quantitative de la démence, *par Will Self*
P865. Cabinet d'amateur, *par Georges Perec*
P866. Confessions d'un enfant gâté, *par Jacques-Pierre Amette*
P867. Génis ou le Bambou parapluie, *par Denis Guedj*
P868. Le Seul amant, *par Eric Deschodt, Jean-Claude Lattès*
P869. Un début d'explication, *par Jean-Marc Roberts*
P870. Petites infamies, *par Carmen Posadas*
P871. Les Masques du héros, *par Juan Manuel de Prada*
P872. Mal'aria, *par Eraldo Baldini*
P873. Leçons américaines, *par Italo Calvino*
P874. L'Opéra de Vigata, *par Andrea Camilleri*
P875. La Mort des neiges, *par Brigitte Aubert*
P876. La lune était noire, *par Michael Connelly*
P877. La Cinquième femme, *par Henning Mankell*
P878. Le Parc, *par Philippe Sollers*
P879. Paradis, *par Philippe Sollers*
P880. Psychanalyse six heures et quart
       par Gérard Miller, Dominique Miller
P881. La Décennie Mitterrand 4
       par Pierre Favier, Michel Martin-Roland
P882. Trois petites mortes, *par Jean-Paul Noziere*
P883. Le Numéro 10, *par Joseph Bialot*